Die Asche meiner Tochter

Ein Kind, das zur Abhärtung in die Schlachtabfälle der letzten Hirschjagd gesteckt wird, versucht sich ein Leben lang zu reinigen.

Prolog

Der junge Sohn war zwar nicht ungehorsam, aber er hat nicht richtig gehandelt. Es war dem Vater ein Dorn im Auge, das sein Zögling zögerte, wenn er Wild erlegen sollte. Auf der Jagd sollte er schnell und sicher handeln. Es durfte keine Ausnahmen geben, er sollte nicht darüber nachdenken ob eine Hirschkuh schwanger ist oder nicht. Es galt die Familie zu versorgen, mit wertvollem Fleisch. Als zukünftiger Ernährer seiner eigenen Familie musste er lernen, Entscheidungen zugunsten der Familie zu treffen. Dies galt für die Jagd sowie auch im späteren Geschäftsleben. Der Vater peitschte immer mit dem Gürtel auf ihn ein. Er sollte für seine Fehler bezahlen, sowie im echten Leben. Eine geschäftliche Fehlentscheidung aus Mitgefühl, wurde mit roten Zahlen bestraft. Aber der Sohn war einfach zu weich, ja fast schon weiblich bei seinen Entscheidungen. Als einziger Sohn und Erbe seines Imperiums durfte der Vater das einfach nicht zu lassen.

Eines Tages erlegte der Vater zwei Hirsche und ein Wildschwein, dessen Eingeweide er wie immer in einen Trog aufbewahrte für die Hunde. Der alte Trog stank nach Verwestem, auf dessen Rand sich im Sommer immer Maden tummelten.

Wie immer sah der Sohn mit blassem Gesicht dabei zu, wie der Vater die Tiere ausnahm. Es war ihm zu wieder dabei zu zusehen, er musste sich immer beherrschen nicht zu erbrechen. Was dem Vater nicht entging.

An diesem Tag hatte der Vater sehr schlechte Laune und bei dem Ausweiden viel Alkohol getrunken. Er nahm seinen kleinen Sohn bei den Schultern, schrie ihn an und schüttelte ihn. Dann riss er ihn vom Boden und stellte ihn in den Trog voller Eingeweiden. Der Sohn übergab sich, er weinte und wollte wieder heraus, aber der Vater schloss den Trog mit einem Deckel und verriegelte ihn. Er sollte abgehärtet werden, vorbereitet auf sein zukünftiges Leben als Geschäftsführer der Firma seines Vaters.

Für eine kurze Zeit stemmte der kleine Junge sich gegen den Deckel, bis zu der Hüfte versunken in Eingeweiden und seinem Erbrochenem. Er weinte, die Luft wurde immer weniger, bis er das Bewusstsein verlor und zusammensackte.

Es dauerte die halbe Nacht, in der seine Mutter den Vater bekniete, ihr zu sagen wo der geliebte Sohn sei, aber er schwieg.

Die Mutter ahnte schlimmes und wartete bis ihr Ehemann eingeschlafen war. Mitten in der Nacht rannte sie über den Hof, um im Dunkeln den stinkenden Trog zu öffnen. Sie glaubte ihren Sohn leblos darin vorzufinden, sie schrie während sie den kleinen Körper aus den Innereien zog. Immer wieder küsste sie ihren kleinen Sohn und schüttelte ihn, bis er sich regte. Ihr Ehemann war schon von Anfang an grausam gewesen. Aber sie konnte nicht entkommen, konnte ihn nicht verlassen. Er würde sie finden und töten, das hat er ihr oft gesagt. Doch seitdem ihr Sohn geboren wurde, wurde alles schlimmer. Sie beschützte ihn so gut es ging. Er sollte all die Schläge und Demütigungen nicht mitbekommen. Die beiden hatten eine tiefe liebevolle Beziehung. Wann immer ihre Situation aussichtslos war und sie ihren kleinen Sohn im Arm hielt, erschien die Welt wieder in Ordnung. Es gab nichts und niemanden auf dieser Welt, was sie so sehr liebte wie ihren kleinen Sohn. Sie hat immer versucht ihren kleinen Jungen zu beschützen, was einfach nicht mehr möglich war. Am heutigen Tag hat ihr Mann es maßlos übertreiben und den Jungen fast zu Tode gequält. Ihre Mutter Gefühle besiegten die große Angst die sie mit sich trug. Angst davor zu fliehen und hatte Angst davor erwischt zu werden. Was wäre, wenn er sie dann aufspüren würde. In dieser Nacht dachte sie nicht weiter oder fragte sich was er tun würde. Sie nahm ihren kleinen Jungen auf dem Arm und rannte in den nächtlichen Wald. Sie rannte Stunden, bis hin zur Erschöpfung. Es war ihr nicht möglich auch nur einen einzigen weiteren Schritt zu machen. Und so setzte sie sich an einen Baumstamm, den kleinen mit ihrer Strickjacke umhüllt auf ihren Arm. Er schlief und zitterte gleichzeitig. Die junge Mutter weinte fürchterlich, sie fragte sich ob ihr kleiner Junge jemals vergessen konnte, was er in seinem jungen Leben schon ertragen musste. Sie lauschte ängstlich in die dunkele Nacht hinein, sie hatte Angst davor, verfolgt geworden zu sein. Irgendwann hat ihr Körper nachgegeben und sie ist vor Erschöpfung eingeschlafen. Es war morgens in der Dämmerung, als sie durch das Bellen der Jagdhunde geweckt wurde. Ihr ganzer Körper schmerzte vor Anstrengung in der letzten Nacht. Die Kälte hat sich wie Säure durch ihre Knochen gefressen und lässt sie erstarren. Sie weckt Ihren Sohn, schüttelt ihn ein wenig, immer wieder sagt sie seinen Namen.

Beschwerlich, öffnet er seine von Blut verschmierten Augen, er stinkt bestialisch am ganzen Körper. Das bellen der Jagdhunde wird zunehmend lauter und die junge Mutter weiß, dass sie nicht weglaufen kann. Der Geruch nach Aas wird die Hunde direkt zu Ihnen führen. Mit zittrigen Knien versucht sie aufzustehen, sie weiß, dass sie bestraft werden wird. Er lässt keine Gnade walten und die Strafe wird hart ausfallen. Die Kleidung des Jungen klebt durch das getrocknete Blut an einigen Stellen an ihrem Rock. Niemals, wird er das Geräusch ihrer reißenden Kleidung vergessen.

Niemals, wird er den verzweifelten Blick in den Augen seiner Mutter vergessen.

Niemals, wird er ihre Schreie vergessen.

Als sie sich verzweifelt um seinen kleinen Körper klammerte, ihn vor den tödlichen Bissen zu schützen, die ihren Rücken zerfleischten.

Es ist für Tjark de Vries nichts Neues, morgens um sechs aus dem Bett geschellt und zu einem Leichenfund gerufen zu werden. Am Ufer des Houkesleat, am Stadtrand von Sneek wurde ein nackter Körper von einem Jogger gesichtet, der mit seiner Dogge unterwegs war. Diese Landschaft ist im November öde, eine trostlose Gegend aus Laub und Nebel, dessen karge Bäume sich entlang des Flusses erstrecken.

Obwohl es ziemlich kalt ist, hat es aber noch nicht gefroren. Tjarks Lederschuhe versinken im faul stinkenden Ufermatsch als er nähertritt. Die Spurensicherung hat den Leichnam noch nicht bewegt, jeder weiß, dass Tjark den Fundort so sehen möchte, wie er vorgefunden wurde. Der Bereich ist großräumig abgesperrt, das Flattern des rot weißen Bandes ist das einzige Geräusch, welches zu hören ist. Es scheint, als würde der Fluss stillstehen und der Nebel darauf jedes Geräusch verschlucken würde.

Tjark geht in die Hocke, um etwas besser sehen zu können, prägt sich jedes Detail ein.

Die Leiche schwimmt auf dem Bauch, hat sich im Schilf verfangen und ist nackt.

Es ist wahrscheinlich ein Mann, schwarze lockige Haare, sein Körper ist gebräunt. Er ist sehr behaart und nicht tätowiert, der Körper ist schon ziemlich aufgedunsen und schätzungsweise seit zwei Tagen im Wasser.

„Holt ihn da heraus."

Tjark erhebt sich und geht einige Schritte zurück.

Wortlos steigen zwei Polizisten mit Taucheranzügen die Böschung herunter und bewegen den schlafen Körper. Sie packen ihn rechts und links an den Armen und ziehen ihn durch das hohe Schilf auf die Wiese wo sie ihn auf den Rücken drehen.

„Oh, mein Gott."

Einer der Taucher wendet sich ab, um den Fundort durch sein Erbrechen nicht zu verschmutzen.

Alle anderen bleiben Wortlos stehen und schauen sich das Grauen an.

Tjark geht wieder in die Knie, um den geschändeten Mann zu betrachten.

Ihm wurden das Gesicht und die Finger abgeschnitten, die Zähne wurden auch entfernt. Es ist ein grausiger Fund, doch Tjark berührt das nicht, sein Puls beschleunigt sich nicht,

es regt ihn nicht mehr auf.

Einzig und allein das offene Gesicht erlangt sein Augenmerk.

Der saubere Schnitt, mit dem das Gesicht wie eine Maske abgenommen wurde. Der dadurch entstandene direktere Blick, auf ein komplett zerstörtes Gebiss, gibt freie Sicht bis in den blutverstopften Rachen.

Alle Finger sind ebenfalls sorgfältig abgetrennt, so dass die verstümmelten Handballen wie Missbildungen aussehen.

Das war keine tat aus dem Affekt oder aus Wut heraus, der Mörder wusste genau was er Tat und er hat es genossen.

„Faszinierend."

Tjark erhebt sich und schaut niemanden direkt an.

„Bringt ihn ins Institut."

Ohne irgendeine Antwort oder Reaktion zu erwarten dreht er sich um und geht zu seinem Wagen. Während er sich eine Zigarette anzündet, holt er sein Handy heraus und gibt Sneek ein. Er zoomt den Ort heran an dem er gerade steht, verkleinert das Bild wieder und schiebt die Karte nach rechts und links.

Er ist zwar in Sneek geboren und aufgewachsen, doch hier in dieser Gegend ist er noch nicht häufig gewesen. Er war noch nie der Typ, der gerne spazieren ging oder sich im Freien aufhielt.

Bis auf eine Zeit in seinem Leben, in der er sehr glücklich war. Seine Gedanken schweifen ab, er sieht eine junge bildhübsche Frau auf einer Picknickdecke mit einem kleinen Baby im Arm. Der schwere Duft der Blumenwiese drängt sich in sein Gedächtnis.

„Herr de Vries?"

Abrupt aus seinen Gedanken gerissen, verdrängt er, an was er sich sowieso nicht erinnern wollte.

„Philipp von Heinitz, was verschafft mir die Ehre?"

Ein junger Kommissar aus Düsseldorf, aalglatt, im blauen Maßanzug, auf Karriere Trip steht vor Tjark.

„Das ist der dritte Mord in dieser Gegend der nicht aufgeklärt wurde. Ich bin hierher beordert worden, um sie zu unterstützen."

Tjark zieht noch einmal von seiner Zigarette und wirft sie zu Boden, bevor er wortlos zu seinen alten Wagen geht und losfährt.

Es wurde ihm bereits von höchster Stelle mitgeteilt, dass er Unterstützung aus Düsseldorf zu erwarten hat.

Dieser junge Mann war ihm von der ersten Sekunde an zu wieder, er hat genug von diesen jungen Besserwisser Typen kennen gelernt. Sie sind alle gekommen und gegangen.

Wie jeden Morgen, steuert er auch heute sein Stamm Café am Stadtrand an. Bewusst verdrängt er die Gedanken die in ihm immer wieder aufkeimen. Er will einfach sich einfach nicht an seine Vergangenheit erinnern. Auch die gerade erst entdeckte Leiche möchte er für einen Augenblick vergessen. Er stellt das Radio auf volle Lautstärke um alles in seinem Kopf zu übertönen. Nach zehn Minuten hält er auf einen der drei Parkplätze vor dem kleinen Café. Es muss wohl in vergangener Zeit ein Tante Emma laden gewesen sein. Das kleine weiße Häuschen ist zwar sehr alt, wirkt aber durch die liebevolle Pflege und den unzähligen Rosenbüschen im Vorgarten sehr gemütlich.

Süßer Duft von frischem Gebäck durchströmt das kleine privat geführte Café. Weiße Tischdecken und lila Märzveilchen zieren die kleinen Tische.

Hinten links an der alten Mahagoni Theke, wo nie jemand sitzen möchte, steht schon Tjarks Lachs-Bagel neben der großen Keksdose und seine Tageszeitung.

So wie er sich setzt kommt auch schon Britta und bringt ihm einen großen, schwarzen Kaffee.

Niemand der Bedienung spricht ihn hier an, keiner grüßt ihn und niemand sieht in seine Richtung. Im Laufe der Zeit hat die kleine Belegschaft gelernt, dass er seine Ruhe haben möchte.

Er sieht einfach zu düster aus und hat immer schlechte Laune. Sein brauner ausgeblichener Mantel, die zerzausten braunen Haare und der Bart lassen ihn wie einen Obdachlosen aussehen. Britta, so wie die ganze Bedienung weiß, das Tjark einfach ein Einzelgänger ist. Der einzige Grund, weshalb Britta ständig in seine Nähe kommt. Ist die große Keksdose, in der das Gebäck liegt. Die fertigen Tassen mit Kaffee, Milchkaffee und allen anderen heiß Getränken werden von der Küche aus, dort auf den Tresen gestellt. Damit Britta auf jeder Untertasse einen frisch gebackenen Keks legen kann, bevor sie das Getränk serviert. Dabei achtet sie immer darauf, Tjark nicht zu beachten, obwohl sie unmittelbar neben ihm steht.

Immerhin gibt er jedes Mal ein gutes Trinkgeld, womit ihm von der kompletten Belegschaft, seine stätig schlechte Laune verziehen ist.

Britta ist fünfundvierzig Jahre alt und sieht noch sehr gut und junggeblieben aus. Sie hat langes blondes Haar, meistens trägt sie einen Pferdezopf und hat große hellblaue Augen. Tjark glaubt das Britta ihn mag, aber er ignoriert sie demonstrativ. Er will einfach keine Frau mehr in sein Leben lassen.

Zu groß war der Verlust als Adda starb.

Nach seinem Frühstück legt er das Geld auf den Tresen und verschwindet wortlos. Für einen kurzen Moment denkt er an Brittas wunderschönen Augen, schüttelt den Gedanken aber sofort wieder ab.

Tjark fährt direkt zu dem Institut, in der Hoffnung, dass sie schon erste Ergebnisse haben, irgendetwas, irgendeinen Hinweis. Die Fahrt dauert nur ein paar Minuten, in denen er über die letzten zwei Fälle in dieser

Gegend nachdenkt. Die anderen beiden Leichen lagen auch im Wasser. Es waren allerdings junge Frauen, denen die Gesichter und Finger genauso abgetrennt wurden, wie bei der heutigen Leiche. Tjark kann sich keinen Reim daraus machen, es gibt keine Spuren und DNA Tests haben auch nichts ergeben. Diese Frauen scheinen allein gewesen zu sein, keine Freunde oder Familienangehörigen, denn niemand vermisst sie. Der Täter muss sie sorgfältig ausgesucht haben. Es gibt keine Kampfspuren an den Körpern der Frauen, er muss ihnen vertraut gewesen sein. Da sie keine Gesichter mehr haben kann man nicht sagen ob sie attraktiv waren.

Vielleicht waren sie Außenseiter, Einzelgänger, viel mit sich selbst beschäftigt. Aber wo hat er diese Frauen dann angesprochen? Es gibt bei beiden Frauen Spuren von Äther in der Lunge, er hat sie betäubt und dann bei lebendigem Leibe verstümmelt.

Das muss in einer privaten, abgelegenen Sphäre geschehen sein. Wo er ohne gesehen zu werden, eine nackte Leiche in seinen Wagen packen konnte, um sie zu dem Fluss zu bringen. So wie er auf den Parkplatz fährt, reißen seine Gedanken ab, konzentriert sich auf den Blödmann, der da gerade unmöglich langsam ausparkt.

Das Institut sieht von außen genauso öde aus wie von innen, man möchte meinen es wurde in der ehemaligen DDR gebaut worden. Ein grauer Betonklotz an die orange Farbe abbröckelt.

Ärgerlich parkt er in der gerade frei gewordenen Parklücke und steigt aus. Er flucht in sich hinein, denn er hat es sehr Eilig. Er sprintet die paar Stufen des Haupteinganges hinauf und grüßt den Pförtner mit einem Kopfnicken. Benutzt seine Zugangskarte und öffnet die verriegelte Tür, die laut vor sich her Summt. Der Flur den er betritt, hat graue Wände die von den Postwagen voller schwarzer Kratzer sind. Der Boden besteht aus uralten Vinyl Fliesen, auf denen orange Plastik Stühle an den Wänden stehen. Die Neonröhren unter der Decke tauchen den Flur in ein gruseliges Licht, in dem man gleich einen Zombie erwarten würde. Tjark sieht, dass alles nicht mehr, in Gedanken verloren läuft er durch die graue Schwingtür mit Sicherheitsglasfenstern und landet im Obduktionssaal. Jemand reicht ihm Pinimenth die er sich unter die Nase reiben soll. Ohne diesen Menschen auch nur zu beachten, geht er an ihm vorbei direkt zum Tisch wo der Leichnam liegt. Der Körper wurde bereits geöffnet, mehrere Organe entnommen, Proben waren bereits im Labor und wurden auf Fremdstoffe untersucht. Leichen riechen nicht sonderlich, solange man sie nicht öffnet. Diese Leiche riecht sehr stark, da sie im Wasser gelegen hat und der Verwesungsprozess durch die großen Wunden beschleunigt wurde. Tjark war schon bei genug Obduktionen, um zu wissen, dass man sich kein Pinimenth oder sonstiges unter die Nase schmiert, um irgendwelche Gerüche zu übertönen. Denn gerade diese Gerüche können sehr aufschlussreich sein. Gewisse Krankheiten oder Vergiftungen riechen anders, als bei einem normal gestorbenem gesunden Mensch.

Aber auch diese Leiche weißt keine Spuren von Gift auf. Es gibt auch keine Kampfspuren an seinem Körper, was merkwürdig ist. Denn ein Mann von 1,92 cm, 120 Kilo und sehr sportlicher Statur, sollte sich zu wehren wissen. Die Frage war ganz einfach, wieso hat er sich nicht gewehrt? Wie hat der Mörder so einen Riesenkerl „ad actum" überwältigt, ohne Gewalt anzuwenden?

„Gibt es irgendwelche Besonderheiten bei der Leiche?" fragt Tjark.

Der Pathologe antwortet ohne ihn auch nur eines Blickes zu würdigen.

„Das Gesicht wurde abgetrennt, Zähne sowie Finger wurden entfernt", antwortet van Dijk.

Er sagt es mit einem gewissen Unterton den Tjark nicht überhören kann.

„Nun werden sie mal nicht zickig, so habe ich das nicht gemeint."

Tjark geht um den Leichnam herum, um irgendetwas anderes fest zu stellen.

„Nichts, rein gar nichts, weder kratz, schürf oder sonstige wunden. Es ist der gleiche Täter, wir haben jetzt drei, zwei Frauen und ihn hier und nichts, keine Spuren!"

„Außer dem Herzinfarkt, den auch alle anderen Leichen vor ihrem Tod hatten."

„Es ist ja kein Zufall, wie hat der Mörder es geschafft. Wie konnte er einen Herzinfarkt herbeiführen, ohne Spuren zu hinterlassen?"

So wie der Pathologe antworten möchte, schwingen die beiden Türen auf und der junge Polizist aus Düsseldorf tritt ein. Er nimmt sich direkt Pinimenth, welches er großzügig unter die Nase schmiert. Dies ist sein erster echter Fall und obwohl er im Studium ein paar Leichen obduzieren musste, glaubt er sich niemals an den Geruch zu gewöhnen. Die Leiche auf dem Tisch ist aber nicht der einzige Grund weshalb er hier ist und auch nicht der Grund für seine immense Aufregung.

„Es wurde gestern Nacht eine Leiche in Amsterdam gefunden", platzt Phillip mit der Sprache heraus.

Tjark scheint einen Moment verwundert zu sein.

„Ja und? Was haben wir damit zu tun? Das fällt doch gar nicht in unseren Zuständigkeitsbereich."

Phillip zeigt wirkliches Mitgefühl, seine Augen weiten sich und werden glasig, seine Stimme klinkt dünn.

„Sie müssen hin und die Frau identifizieren."

„Wieso ich?"

Der Polizist der Phillip begleitet hat schaut ängstlich auf den Boden. Phillip sieht Tjark so hilflos an, als hätte er etwas Schlimmes angestellt. Die Luft in dem Raum wird auf einmal sehr stickig und schwer, der Leichengeruch wird plötzlich so penetrant, dass Tjark würgen muss.

„Luca?" hört Tjark sich, aus seinem Mund fragen.

Der Schall seiner Stimme rauscht an ihm vorbei. Phillip und der junge Polizist schauen Tjark so entsetzt an, dass er begreift, dass es so ist.

Das grelle Licht in der Pathologie scheint viel heller als zuvor, es knackt und piept energisch in seinen Ohren. Tjark wankt einen Schritt auf die Leiche zu, alle hier im Raum reden durcheinander. Tjark hört aber nichts mehr, sein Herz rast, seine Hauptschlagader schwillt an. Unerträglicher Schmerz durchfährt seinen Körper, bis er das Bewusstsein verliert und zusammenbricht.

Als er wieder zu sich kommt, liegt er auf einer Liege im Nebenzimmer. So wie er sich aufrafft, stürzt er auf seine Knie und übergibt sich. Der grelle Ton in seinem Ohr zieht durch seinen ganzen Körper, scheint an jeder Faser seiner Nerven zu reißen. Er streckt den Kopf nach oben um atmen zu können, doch nichts passiert. Seine Lungen haben vergessen was sie tun sollen. Sein Gesicht verzieht sich zu einer gequälten hässlichen Fratze, die schmerzt. Taumelnd sieht er eine junge Frau auf sich zukommen, sie trägt einen weißen Kittel und Kugelschreiber stecken in Ihrer Westentasche. Sie bindet seinen Arm so schnell ab und sticht zu, dass es schmerzt. Sie jagt etwas in seine Blutbahn von dem er keine Ahnung hat was es ist.

Tjark will schreien, droht aber zu ersticken, sein ganzer Körper bäumt sich auf, bis er es spürt. Diese beruhigende Hitze in seiner Blutbahn, irgendetwas das seine Muskeln entspannt und seinen Körper lahmlegt. Er schnappt nach Luft, seine Lungen bewegen sich wieder und füllen sich mit dem schmerzhaft ersehnten Sauerstoff. Das piepen in seinen Ohren verschwindet langsam und er wird ganz ruhig. Es fühlt sich an als würde er schweben, liegt seelenruhig in den Armen der Krankenschwester, die ihm liebevoll das nass geschwitzte Harr aus der Stirn streicht.

Tjark denkt an Luca.

„Ich muss nach Amsterdam, ich soll sie identifizieren, aber das ist unmöglich, es ist nicht mein kleines Mädchen." Benommen redet er vor sich her.

Er weiß nicht wie viele Jahre er sie schon nicht mehr gesehen hat. Nach dem Tod seiner Frau hat er eine Nanny eingestellt, sich in die Arbeit gestürzt. Luca vernachlässigt und bevor er es erkannte, war es bereits zu spät. Er hat sie verloren, sie war mit sechzehn weg. Tjark hat sie zwar schnell aufgespürt, die komplette Polizei von Sneek war daran beteiligt. Aber sie wollte nicht zurück, hat ein Kinderheim bevorzugt.

Tjark machte es sich leicht und nahm ihre Entscheidung einfach an.

Tränen laufen ihm jetzt über das Gesicht, er kann nicht aufhören zu weinen.

Selbst als Adda starb, konnte er nicht weinen.

Nun fließen die Tränen unaufhörlich, die Schwester bleibt mit ihm am Boden sitzen und hält ihn einfach nur fest im Arm. Benommen und in Gedanken verloren, lässt er sein Leben Revue passieren. Lässt Gedanken zu, die er seit dem Tod seiner geliebten Frau nicht zugelassen hat.

Gegen Abend lässt die Wirkung des Medikamentes nach. Die Schwester sitzt immer noch mit ihm am Boden und hält ihn wie eine Mutter im Arm. Es ist Tjark plötzlich sehr peinlich, stundenlang und weinend in ihren Armen gelegen zu haben. Die Krankenschwester hat genügend Erfahrungen gesammelt um sein Unwohlsein zu bemerken.

„Geht es wieder? Können sie aufstehen?"

Mit steifen Gelenken hilft sie Tjark sich aufzurichten, begleitet ihn zur liege, wo er Platz nimmt.

„Ich geh eben und hole etwas zu trinken, ich komme gleich wieder."
Sagt sie so leise das Tjark es kaum hören kann. Dann verlässt sie still
den Raum und lässt ihn wieder allein.

Die ganze Zeit über hat er sich eingeredet, dass es nicht seine Tochter
ist. Es besteht immerhin die Möglichkeit, dass es nicht Luca ist und
dieser Gedanke gibt ihm Kraft.

Wie Ferngesteuert steht er auf, wartet nicht auf die Rückkehr der
Krankenschwester deren Namen er nicht kennt und läuft durch das
Institut nach draußen.

Es ist bereits dunkel, Phillip und ein paar andere Polizisten haben die
ganze Zeit vor dem Institut gestanden und auf ihn gewartet. Mitfühlend
starren sie ihn alle an, nicht wissend was sie tun oder sagen sollen.

Die abendliche frische Luft bläst den grauen Trauernebel der Tjark
umgibt weg. Er ignoriert seine Kollegen, macht sich eine Zigarette an
und spürt immer noch das Beruhigungsmittel in seinem Körper. Er ist
zwar nicht müde oder schlapp, aber absolut tiefenentspannt. Er fühlt
sich so leer, es ist merkwürdig keine Gefühle zu haben,

obwohl es möglich ist, dass seine Tochter tot ist.

„Tjark? Ich fahre sie!"

„Nein ich fahre alleine."

Phillip hält ihm einen Zettel unter die Nase, wo drauf steht das er auf
keinen Fall in seinem Zustand fahren darf.

Niemals in seinem Leben, hat er so kampflos aufgegeben und etwas
getan was er eigentlich nicht wollte.

„Dann fahr doch."

Tjark setzt sich einfach auf den Beifahrersitz in seinem alten Wagen, auf dem er noch nie gesessen hat, obwohl er diesen Wagen schon seit einundzwanzig Jahren fährt.

Sie fahren in die Nacht hinein, über die A7 nach Amsterdam, Tjark raucht eine Zigarette nach der anderen. Stumm schaut er in die Nacht hinein, sieht in den wolkenlosen Himmel. Fragt sich ob Adda dort oben ist, ob sie ihn beobachtet, ob sie seine Gedanken hören kann. Inständig hofft er, dass Luca nicht bei ihr ist, er betet still vor sich hin.

Gegen eine Uhr in der Nacht stehen sie vor verschlossenen Türen des Institutes. Das ganze Gebäude steht im Dunkeln, niemand scheint mehr in der Pathologie zu sein. Tjark geht um das Gebäude herum, um irgendwo vielleicht einen beleuchteten Raum zu finden, in dem noch irgendein Mitarbeiter ist. Aber nichts, niemand scheint da zu sein.

„Komm, gehen wir ins Hotel und schlafen ein paar Stunden."

Tjark antwortet nicht, er steht bewegungslos vor dem Haupteingang und schaut durch die Glastür in die dunkle Eingangshalle.

Der Gedanke, dass seine kleine Luca dort wohlmöglich aufgeschnitten, nackt, unter einem weißen lacken mit einem Schild am Fuß liegen soll, will sich einfach nicht in seinem Kopf verankern. Immer wieder verliert er gedanklich den Faden, kann das einfach nicht glauben. Er steht neben sich, sein Körper ist so leer und einsam wie noch nie in seinem Leben zuvor. Niemals hätte er es für möglich gehalten, dass es ihm irgendwann einmal noch schlechter gehen könnte als sonst. Hat sich niemals Gedanken darübergemacht, dass Luca sterben konnte. Es war ja auch unnatürlich, Kinder starben nun mal nicht vor ihren Eltern und da er bereits seine Frau verloren hat. Ist es ihm nicht im Traum eingefallen, dass es noch schlimmer kommen könnte.

„Tjark, gehen wir, du musst ein bisschen schlafen, morgen kommen wir zurück."

„Nein, ich bleibe hier."

Tjark dreht sich um, setzt sich auf die Eingangsstufen und zündet sich eine weitere Zigarette an. Starrend in die Dunkelheit, wartet er darauf, dass die Nacht vorbeigeht. Seine Körperhaltung ist unmissverständlich und nur ein Idiot würde versuchen ihn zum Gehen zu überreden.

Phillip kann und will ihn einfach nicht allein lassen. Geht zurück in den Wagen, wo er die Lehne komplett nach hinten kippt, um ein wenig zu schlafen.

Gedanken verloren sitzt Tjark die ganze Nacht auf dieser Treppe und rauchte eine Zigarette nach der anderen. Er lässt in dieser Nacht Gedanken zu, die er in den letzten Jahren immer wieder verdrängt hat. Die Erinnerungen an seine geliebte Frau wollte er einfach nicht zulassen, zu schlimm war der Schmerz des Verlustes. Tjark hat seine Frau aufrichtig und von ganzen Herzen geliebt. Sie und Luca waren ihm das wichtigste auf dieser Erde und als Adda starb, starb er mit ihr.

Er erinnert sich an gemeinsame Zeiten, am Strand, den Adda so sehr liebte. Er sah Luca als kleines Mädchen im Sand buddeln und fröhlich herum hüpfen. Er spürt die Sonne auf seiner Haut, erinnert sich an die frische Brise und an Addas Duft. Tränen laufen ihm über das Gesicht. Er fragte sich wie er es zu lassen konnte, sich all die Jahre so gehen lassen konnte. Wie er es zulassen konnte, dass Luca sich so von ihm entfernt hat.

Er ist ein schlechter Vater und ganz besonders ein schlechter Mensch geworden. Der zu jedem ekelig und unfreundlich ist.

In dieser Nacht denkt Tjark über sein ganzes Leben nach und weint bis in den Sonnenaufgang.

Als der erste Mitarbeiter des Institutes die Treppe hinaufkommt, findet er Tjark im Sitzen eingeschlafen vor.

„Hallo?"

Der Mitarbeiter stößt Tjark an der Schulter an, sodass er sofort wach wird und aufsteht. Tjark glaubt, dass er fürchterlich aussieht, denn der kleine dünne man vor ihm, sieht ihm erschrocken ins Gesicht.

„Ich bin Tjark de Fries, Oberkommissar aus Sneek und Vater von…"

Tjark kann es einfach nicht aussprechen, er will einfach nicht wahrhaben, dass Luca hier liegt.

Der kleine Mann gibt ihm sofort die Hand und stellt sich vor.

„Guten Morgen, Jongman mein Name, kommen sie mit."

Ohne darüber nachzudenken wo Phillip ist, folgt Tjark diesem Holländer, ohne etwas zu sagen.

Jongman läuft schnellen Schrittes durch die Halle, öffnet eine Sicherheitstür nach der anderen. Er schaltet im Dunkeln sämtliche Lichtschalter im Vorbeigehen ein.

Tjark fragt sich wie lange dieser Jongman hier schon arbeitet, dass er blind durch das Gebäude laufen kann. Die Pathologie an sich ist nicht abgeschlossen und so wie Jongmann den Saal betritt, steuert er auch die Kühlzellen des Leichenschrankes an.

Tjark geht langsam auf die sich vor ihm öffnende Schublade zu. Sein Herz rast, es schnürt ihm die Kehle zu, näher zu kommen. Seine Beine wirken wie mit Bleibändern beschwert, jeder Schritt ist eine Tortur. In seinen Gedanken sieht er dort ein kleines Mädchen liegen, mit langen blonden Haaren.

Aber sein verwirrter Geist spielt ihm einen Streich.

Die Schublade ist leer!

Jongman schaut verwundert auf und Tjark mitten ins Gesicht.

„Gestern war sie noch hier."

Tjark steht vor der leeren Schublade und starrt auf das klinisch saubere Aluminiumblech.

Er hat nicht mitbekommen, das Jongman direkt zu seinem Schreibtisch gegangen ist, um einen Nachweis zu finden.

Seine Stimme klingt von ganz weiter Ferne in Tjarks Ohr. Jongman muss Tjark zweimal persönlich ansprechen, bevor er überhaupt reagiert und sich zu ihm dreht.

„Hören sie denn schlecht? Die Leiche wurde gestern bereits abgeholt, jemand dessen Unterschrift ich nicht erkennen kann, hat sie frei gegeben. Das ist ja ein Skandal, das ist ja noch nie passiert."

So wie Jongman den Telefonhörer in die Hand nimmt, um den Wachmann anzurufen, geht Tjark auf den Schreibtisch zu und sieht sich die Unterschrift an.

„Fassen sie hier bitte nichts an, ich möchte, dass die Spurensicherung Fingerabdrücke nimmt. Rufen sie bitte die Polizei."

Jongman nickt nur während er mit dem Wachpersonal diskutiert.

Tjark schreibt sich die Adresse des Krematoriums auf, in die die Leiche angeblich gebracht wurde und verlässt das Institut mit schnellen Schritten. Es ist ihm egal was Jongman noch zu sagen hat, sein Instinkt sagt ihm jetzt schnell zu handeln. Der Polizist der er immer war, ist soeben wieder in ihm erwacht.

Phillip liegt immer noch auf dem Beifahrersitz und schläft als Tjark den Wagen bereits vom Parkplatz fährt.

„Was ist los? Wo fahren wir hin?"

Phillip richtet sich mühevoll auf, seine Knochen schmerzen und er friert.

„Wir fahren zum Krematorium De Nieuwe Ooster, die Leiche wurde gestern abgeholt. Der Pathologe hat sie aber nicht frei gegeben und kennt auch die Unterschrift nicht."

„Wie meinst du das?"

„So wie ich es eben gesagt habe."

„Sie ist weg?"

„Ja."

Phillip sieht, dass Tjark keine Lust hat zu reden, irgendwelche Vermutungen anzustellen oder sonst was. Verbissen und zügig fährt er über die Autobahn, grübelt bis zum Krematorium still vor sich hin.

Das helle Gebäude vor dem Tjark parkt sieht freundlich aus, ganz anders als die Krematorien die Tjark bis jetzt gesehen hat. Im ersten

Augenblick fragt er sich sogar ob sein Navi ihn falsch geführt hat. Es wirkt wie ein alter Bauernhof, der liebevoll gepflegt wurde. Rosenbüsche tummeln sich im Vorgarten, in dessen Mitte eine alte Wasserpumpe steht. Eine gemütliche Holzbank mit rot weiß karierten Sitzpolstern steht neben dem Eingang, an der Wand.

So wie der Wagen zum Stehen kommt, steigen beide aus und durchqueren den Vorgarten.

Sie betreten beide das Gebäude durch den Haupteingang und stehen in der Diele. Wo eine sehr kleine nicht besetzte Rezeption in der Ecke steht. Auch hier sieht es heimisch aus, ein liebevoll hergerichteter Blumenstrauß steht auf dem Tresen. Familienfotos hängen an der Wand. Sie spüren beide, dass hier irgendetwas nicht stimmt. Ohne etwas zu sagen oder jegliche Geräusche zu machen, schleichen sie sich zu der einzigen Tür im Flur. Sie ist nicht verschlossen und führt einige Stufen nach unten. In dem spärlich beleuchteten Flur, sieht es nun aus, wie in einem Krematorium. Eine schwere Eisentür am Ende des Ganges ist nur angelehnt, was zur Folge hat, das Tjark und Phillip ihre Waffen ziehen. Irgendetwas ist hier nicht in Ordnung, das spüren beide sofort. Vorsichtig huschen sie durch die Tür hindurch und gelangen in eine große Halle. Es ist hier hell und penibel sauber, im hinteren Teil der Halle steht die Verbrennungsanlage. Ein Leichenwagen steht vor dem großen Rolltor. Neben dem Tor, an der Wand, liegen mehrere verschlossene Särge die auf ihre Einäscherung warten. Stumm sehen sie sich um und nähern sich der

Verbrennungsanlage. Sie macht ein leises rauschendes Geräusch, sie scheint gerade in Betrieb zu sein.

Tjark nähert sich langsam, bedacht kein Geräusch zu machen. Die ganze Situation und der Ort an dem sie sich befinden, ist grausam. Er fühlt sich zum Erbrechen schlecht, Magenschmerzen, Wut, Trauer und Machtlosigkeit begleiten ihn. Tjark kann es einfach nicht steuern, er weiß nicht was mit seiner Tochter passiert ist und warum sie nicht in der Pathologie ist.

Wie aus dem nichts, tritt ein blasser junger Mann hinter der Verbrennungsanlage hervor.

Tjark und Phillip richten Ihre Waffen sofort auf ihn.

„Wer sind sie und was machen sie hier?"

Der blasse Mann zittert vor Angst, hebt beide Hände schützend vor sich.

„Ich arbeite hier, bitte."

Phillip nimmt die Waffe zuerst herunter.

„Wo ist die Leiche von Luca de Fries?"

Die Worte aus Phillips Mund, erschüttern Tjark zutiefst.

„Ich, ich weiß nicht, da muss ich nachgucken, bitte."

Er sieht Tjark flehend an, kann seinen Blick nicht von der auf sein Gesicht gerichteten Waffe wenden.

Langsam nimmt Tjark die Waffe herunter und brüllt.

„Dann sehen sie verdammt nochmal nach."

Der junge Mann huscht sofort zu seinem Arbeitsplatz und sieht in seinem Computer nach.

Ängstlich dreht er sich zu Tjark um und antwortet.

„Sie wurde gestern Abend um 19:15 Uhr eingeäschert und gegen 22:00 Uhr von meinem Kollegen in eine Aschekapsel gefüllt."

Tjarks Gesicht wird ganz blass, schwankend schafft er es noch rechtzeitig sich auf einen Stuhl zu setzen, um nicht auf den Boden zu stürzen. Fragen hämmern in seinem Kopf, die Phillip wie aus der Pistole geschossen, für ihn stellt.

„Wie kann das alles sein? Wieso war die Leiche eigentlich schon hier? Wer ist dafür verantwortlich, dass die Leiche schon verbrannt wurde? Herr de Vries hat sie doch noch gar nicht identifiziert! Was ist das denn hier für ein Sauladen?"

Bei der letzten frage schreit Phillip so laut, dass seine Stimme durch die Halle knallt.

Tjark ist wie gelähmt, kann gar nicht mehr reagieren.

„Wo ist die Kapsel in der die Asche ist?"

Der junge Mann durchquert ängstlich die Halle und geht zu der Wand, an der mindestens zwanzig quadratische Fächer eingelassen sind. In denen Urnen stehen, die von kleinen Halogen Strahlern beleuchtet werden. Nach kurzem Suchen findet der Kremationstechniker die besagte Kapsel, nimmt sie aus dem Regal und hält sie dem Polizisten entgegen.

„Hier ist sie."

Tjark erhebt sich, steckt die Waffe ein und geht auf den blassen Mann zu. Wortlos nimmt er die Urne in beide Hände und starrt auf den

Deckel auf dem ihr Name, Geburts-, und Sterbedatum steht. Sowie das gestrige Datum der Einäscherung.

Tjark's Oberkörper spannt sich an, als würde er die schwerste Last der Welt tragen. Sein Gesicht verzieht sich zu einer schmerz erfüllten Fratze, welches er nicht mehr kontrollieren kann. Ihm fehlt die Luft zum Weinen oder Schreien, denn sein Brustkorb zieht sich zusammen als hätte ihn ein LKW angefahren. Verzweifelt ringt er nach Atem, versucht sich in den Griff zu bekommen.

Phillip will ihm helfen, geht einen Schritt auf ihn zu, um ihm die schwarze kleine Kapsel abzunehmen. Doch Tjark schüttelt nur den Kopf, kämpft seine Tränen weg und bringt die letzte Kraft auf, um die Kapsel zu öffnen. Er will sie sehen, noch einmal sehen, auch wenn es nur die Asche ist.

Dann holt er tief Luft und quetscht Worte aus seinem Mund, die Phillip hoffte, falsch verstanden zu haben.

„Bring die Kapsel zurück in das Institut, ich will wissen ob es Luca ist."

Bevor Phillip was sagen kann, kommt auch schon der Kremationstechniker näher.

„Nein, das geht nicht, sie können die Kapsel nicht einfach mitnehmen."

Beide Polizisten sehen ihn an, als wäre er das letzte und das hässlichste Wesen auf dieser Erde.

Tjark schraubt den Deckel der Kapsel wieder zu.

„Ich werde die Kapsel jetzt mitnehmen und wenn Sie das verhindern möchten, müssen sie mich wohl erschießen."

„Aber das geht nicht, ich bekomme riesen Ärger, sie brauchen einen Beschluss."

„Bringen sie mir das Protokoll!"

„Aber..."

„Sofort!"

Tjark steht kurz vor dem durchdrehen und weder Phillip, noch der Techniker trauen sich ihm zu wiedersprechen.

Phillip nimmt das Protokoll und macht sich mit Tjark wortlos auf den Weg zum Institut nach Sneek. Sie handeln gerade gegen das Gesetz, doch das ist Ihnen beiden egal. Phillip kann Tjark sehr gut verstehen und würde nicht anders handeln, wenn es seine Tochter wäre.

Die Fahrt nach Amsterdam zieht sich endlos lang, die Nerven von beiden sind zum Zerreißen angespannt. Tjark hofft, dass die Kollegen im Institut, die Asche ohne Beschluss untersuchen werden.

Phillips Unterstützung ist Tjark eine Riesenhilfe. Er beginnt den schicken Jungen aus Düsseldorf mit anderen Augen zu sehen.

Gegen Mittag fährt Tjark seinen Wagen auf den Besucherparkplatz des Institutes. Er verlässt den Wagen ohne abzuschließen, oder zurück zu blicken, die Kapsel fest im Arm haltend.

So zügig hat er die Eingangshalle noch nie durchquert, immer war er gelangweilt von denselben eintönigen Autopsien.

Tjark platzt in die Pathologie als wäre es sein Zuhause. Der dort arbeitende Pathologe dreht sich erschrocken um und starrt erst Tjark und dann die Kapsel an.

„Was hat das zu bedeuten Herr de Vries?"

„Jansen! So heißen sie doch, nicht wahr?"

Tjark steuert ohne Umschweife den einzigen Bürotisch im Saal an und stellt die Kapsel ab.

„Jetzt hören sie mir mal zu, meine Tochter war angeblich gestern hier. Sie wurde ohne Identifizierung, mit einer Unterschrift die sie nicht kennen, frei gegeben. Sie wurde nach Amsterdam gebracht und war bereits eingeäschert bevor ich dort eintraf."

Phillip erscheint auch im Saal und sieht sprachlos zu, wie Tjark auf Herrn Jansen zugeht und ihm den Finger unter die Nase hält.

„Sie analysieren jetzt die Asche und dann will ich wissen ob es meine Tochter ist oder nicht."

Tjark brüllt so laut das er rot wird vor Verzweiflung, während Jansen einen Schritt zurückgeht und Tjarks Hand weg schlägt.

„Sie haben mir überhaupt nichts zu sagen, verlassen sie sofort das Gebäude! Außerdem kann man in der Asche keine DNA mehr finden."

Herr Jansen ist klein und sieht jämmerlich aus, Phillip fragt sich woher dieser kleine alte Mann den Mut nimmt sich so vor Tjark aufzubäumen.

Um schlimmeres zu verhindern, schreitet Phillip zwischen die beiden Kampfhähne und hält beide auseinander.

„So, jetzt beruhigen wir uns mal wieder. Tjark setz dich und halt den Mund."

Dann dreht er sich zu Jansen um.

„So, hier wurde eine ermordete Leiche zur Einäscherung freigegeben. Die von der Polizei nicht freigegeben wurde und auch nicht identifiziert wurde! Sie können nicht einmal sagen wer die Freigabe unterschrieben hat und wann das gewesen sein soll. Können Sie sich vielleicht vorstellen, was hier los ist, wenn ich Ihnen die Fahndung auf den Hals schicke? Und wie lange es dauert, bis dieser Saftladen hier dichtgemacht wird?"

Phillip packt Jansen am Kragen und zieht sein Gesicht so nahe an das seine, dass er das Menthol seiner Salbe riechen kann.

„Ich warne Sie hier und jetzt nur ein einziges Mal. Sie machen sich jetzt sofort an die Arbeit, sonst können Sie was erleben."

Jansen reißt sich von Phillips festen griff los und geht einen Schritt zurück. Er ist wutentbrannt und rot im Gesicht.

„Ich brauche eine Stunde, wollen Sie so lange warten? Sie können solange in die Kantine gehen."

Jansen dreht sich um, nimmt die Kapsel an sich und verschwindet in das anliegende Labor.

Tjark ist von Phillips Einsatz sichtlich überrascht, dann klingelt sein Handy. Müde geht er dran und meldet sich mit einem matten, ja?

„Björk hier am Telefon, wo treibst du dich eigentlich herum? Komm sofort in mein Büro."

Tjarks Chef legt den Hörer auf, bevor er auch nur irgendetwas erwidern kann.

„Das war Björk, er will uns sehen, sofort."

Tjark geht zum Nebenzimmer und reißt die Tür auf.

„Wir müssen kurz zur Wache, bitte rufen sie uns an sobald sie irgendwelche Ergebnisse haben."

Tjark legt seine Visitenkarte auf den Tisch und geht, ohne eine Antwort abzuwarten.

Wortlos verlassen die beiden das Institut und machen sich auf den Weg zum Parkplatz. Nachdem sie eingestiegen sind holt Phillip das Blaulicht heraus, kurbelt das Fenster herunter und stellt es auf das Dach.

„Was ist? Guck nicht und fahr lieber, wir haben es eilig."

„Das musst du mir nicht sagen."

Tjark wäre auch ohne Blaulicht über die Autobahn gerast, ihm ist klar, dass jede Minute zählt.

So schnell er kann fährt er mit dem alten Wagen zur Polizeistation in Sneek.

Es ist eine kleine Polizeistation, ein Bungalow ähnlicher Betonbau in blau, mit Alurahmen Fenstern.   Auf dem Parkplatz stehen vier Polizeiautos und ein paar private Wagen, von verdeckten Ermittlern.

Der Bau ist ebenerdig, beide durchqueren die Schleuse mit kurzem Blick zu den Kollegen hinter der Glaswand. Im Warteraum davor sitzt eine weinende Frau, die wahrscheinlich eine Anzeige erstatten möchte. Der Polizist an der Annahme ist aber gerade mit einem jungen Mann beschäftigt, der sich lauthals über seinen Nachbar beschwert.

Tjark und Phillip gehen durch die Schwenktür und durchqueren das Großraumbüro in dem alle durcheinander Sprechen. Einige Polizisten in Uniform telefonieren, ein verdeckter Ermittler schleift gerade einen jungen Mann in Handschellen durch den Saal, Telefone klingeln und Faxgeräte drucken vor sich hin.

Mandy, die Sekretärin und gute Seele der Polizeistation, läuft mit einigen Dokumenten in der Hand auf Tjark zu. Sie hat eine sehr weibliche Figur, immer enge Röcke an, High Heels und rote Lippen. Ihre blonde Marylin Monroe Frisur passt zu ihren Rockabilly Tattoos an ihrem ganzen Körper.

„Wir haben einen weiteren Mord. Es muss der gleiche Täter sein. Björk rast vor Wut, weil du die letzten vierundzwanzig Stunden nicht hier warst."

„Was ist denn passiert?"

Mandy drückt ihm eine dünne Mappe in die Hand die Tjark im Weitergehen durchblättert. Er sieht Fotos von einer weiblichen Leiche, der ein Stück vom Rücken fehlt, dessen Zähne und Finger fehlen.

Ohne jeglichen Kommentar geht er einfach weiter und steuert das Büro mit der Glastür an.

Björk brüllt sofort los, während Tjark und Phillip sich setzen.

„Kannst du dir eigentlich vorstellen, was hier los ist? Wir haben mittlerweile die vierte, verstümmelte Leiche. Wir haben sie im Morgengrauen, ebenfalls am Fluss gefunden und du bist einfach nicht zu erreichen."

Der Oberkommissar trägt einen Schnurrbart, der genau so weiß ist, wie sein immer noch volles Haupthaar. Mit seinen dreiundsechzig Jahren sieht er ziemlich fit aus. Tjark arbeitet seit seinem Eintritt bei der Polizei unter ihm. Björk ist ein sehr guter Polizist und Vorgesetzter, auch wenn er manchmal die Contenance verliert.

Björk wirft eine Mappe auf den Tisch und sieht Tjark vorwurfsvoll an.

„Ich war in Amsterdam, sollte Luca identifizieren, sie ist wahrscheinlich Tod."

So aufgebracht Björk gerade noch war, so blass wird er jetzt auch. Setzt sich auf seinen Stuhl und sackt in sich zusammen.

„Luca?" Björk steigen Tränen in die Augen, er erinnert sich gut an das kleine bildhübsche Mädchen mit den blauen Augen. Nach dem Tod von Adda, hat Tjark sie ab und zu mit hierhergebracht, wo sie dann den ganzen Tag herumturnte. Björk mochte Adda sehr gerne und es hat ihm das Herz gebrochen als sie starb und Tjark mit Luca alleine ließ. Tjark war bis zum Tod seiner geliebten Frau immer ein lebenslustiger Mensch gewesen. Die ganze Sache hat ihn verändert. Er war in ein Loch gefallen, aus dem ihn niemand mehr herausziehen konnte und jetzt das!

„Wann ist das passiert? Warum weiß ich davon nichts?"

Tjark schafft es nicht Björk anzusehen als er ihm antwortet.

„Es fiel nicht in unseren Zuständigkeitsbereich, es ist in Amsterdam passiert."

„Was ist denn passiert?"

„Das weiß ich nicht. Es war wohl ein Mord. Ich habe die Akte noch nicht gesehen, keinen Bericht gelesen und bevor ich sie auch nur identifizieren konnte, war sie bereits eingeäschert."

„Was?"

Björk springt von seinem Stuhl auf. Er macht den Eindruck, dass er gleich irgendetwas zerstört. Tränen sammeln sich in seinen alten Augen.

„Wer ist dafür verantwortlich?"

„Das weiß ich auch noch nicht, wie gesagt, all das ist gestern Nacht passiert."

Björk sah noch nie so hilflos aus, wie jetzt. Ratlosigkeit und tiefstes Mitgefühl spiegeln sich in seinem Gesicht.

„Brauchst du Urlaub Junge? Kannst jetzt direkt nach Hause gehen, nimm dir so viel Zeit wie du brauchst, Phillip kann den Fall übernehmen."

Tjark denkt einen Moment darüber nach, entscheidet sich aber dagegen. Was bringt es ihm, zu Hause zu sitzen, was bringt es ihm? Er will hier sein, aktiv bleiben und herausfinden was mit Luca geschehen ist.

„Nein, nicht nötig."

„Du musst dich jetzt ausruhen, bleib ein bisschen zu Hause. Hast bestimmt jetzt irgendwelche Dinge zu regeln. Ich bin auch für dich da, jeder Zeit.....ich."

„Ich sagte, nein."

Tjark erhebt sich von seinem Stuhl, die Mappe von Mandy fest in der Hand.

„Ich werde herausbekommen, wer oder was Luca getötet hat und ich werde mich um den Fall hier kümmern." Er tippt mit dem Finger auf die rote Mappe.

„Wenn du nichts dagegen hast, gehe ich zu meinem Schreibtisch."

Ohne eine Antwort abzuwarten, dreht er sich um und verlässt das Büro. Björk ist so sprachlos über Tjarks verhalten das er nichts erwidern kann.

Phillip bleibt sitzen, um Björk zu erzählen, was im Detail alles geschehen ist und um alles über den jüngsten Fall zu erfahren.

Tjark begibt sich währenddessen an seinen verwüsteten Arbeitsplatz, der mit Unterlagen übersäht ist. Nervös blättert er in der roten Mappe herum und sieht sich die detaillierten Aufzeichnungen der Leiche an. Es scheint der gleiche Mörder zu sein. Das fehlende Stück des Rückens wurde exakt und sauber ausgeschnitten, Finger abgetrennt und Zähne entfernt. Der weibliche Körper schwamm wieder am Flussufer, die Frau wird auf Mitte dreißig geschätzt und ist mitteleuropäisch weiß. Es gibt keine Vermisstenanzeige, die auf ihr Profil passt. Es scheinen immer alleinstehende oder familienlose Personen zu sein, die nicht so schnell vermisst werden. Dann meint Tjark zwei leicht gerötete Flecken an den Schulterblättern der Leiche zu sehen, doch bevor er den Gedanken weiterführen kann, klingelt sein Telefon.

„De Fries?"

„Ich bin es Jansen, ich glaube nicht, dass es ihre Tochter ist."

„Wie?"

„Erst einmal kam mir die Menge der Überreste ziemlich ungewöhnlich vor, für eine junge Frau. Als ich die Asche siebte, fand ich metallische Überreste."

„Kommen sie auf den Punkt Mann!"

„Ich habe die junge Frau vorgestern bei mir hier geröntgt und keine Gewebeprobe entnommen. Auch nicht aufgeschnitten, ich wollte Ihnen den Anblick ersparen und sie nach der Identifizierung obduzieren. Die Frau, die ich untersucht habe, hatte keinen Herzschrittmacher und auch kein künstliches Hüftgelenk. Die metallischen Überreste, die auch normalerweise gar nicht in der Kapsel sein dürften, stammen wahrscheinlich von einem künstlichen Hüftgelenk und einem Herzschrittmacher."

Tjark wird es ganz übel, bei dem Gedanken an seine Tochter, von Überresten zu sprechen.

„Außerdem habe ich Unterlagen von Lucas Dentisten angefordert um Zahnabzüge zu vergleichen, sie sind soeben eingetroffen. Ich bin mir zu hundert Prozent sicher, dass Luca de Fries bei mir in der Pathologie war.

Und hundert Prozent sicher, dass die Asche aus der Kapsel, nicht von ihr abstammt.

Können sie mir vielleicht Material Ihrer Tochter geben, an dem ich die DNA noch zusätzlich vergleichen kann? Vielleicht ein paar Haare oder Ihre Zahnbürste aus ihrer Wohnung?"

Tjarks Gedanken überschlagen sich, wohin ist der Leichnam aus der Pathologie verschwunden. Wer ist dann die Person in der Kapsel? Wo wohnte Luca eigentlich? Er wusste nichts über ihr Leben.

„Gut, ich werde Ihnen etwas zum Vergleichen bringen. Bitte rufen Sie mich an, wenn es etwas Neues gibt."

„Das mache ich."

„Jansen?"

„Ja?"

„Danke."

Phillip und Tjark verlassen das Institut und machen sich auf den Weg zurück nach Sneek. Wo sollten sie auch sonst hin? Luca war hier, aber definitiv nicht mehr im Krematorium. Wo sollten sie anfangen zu suchen? Die beiden Kollegen haben rein gar nichts an Informationen. Sie wissen nicht, wann, wie, wo, wieso oder von wem sie ermordet wurde. Das einzige was Tjark weiß ist, dass er zutiefst bereut nicht da gewesen zu sein und dass er ihre Leiche finden wird. Und wenn es das letzte ist, was er in seinem Leben machen wird.

Tjark legt den Hörer seines Bürotelefons auf und starrt auf das Bild in der roten Mappe, neben sich.

„Mandy?" Tjark ruft einfach in das Großraumbüro, indem es drunter und drüber geht. Doch Mandy hat ihn gehört und erscheint augenblicklich vor seinem Schreibtisch.

„Was kann ich für dich tun?" Ihre glasigen tränengefüllten Augen verraten ihm, dass sie es bereits weiß.

„Bitte finde heraus, wo meine Tochter gewohnt hat. Ich brauche ihre Adresse und alles was du über sie herausfinden kannst."

„Wird erledigt."

Mandy geht prompt zu ihrem Arbeitsplatz und setzt sich an ihren PC.

Obwohl Tjark kurz vor dem durchdrehen ist, oder gerade weil er das Gefühl hat, das er gleich ausrastet. Versucht er sich auf den Fall zu konzentrieren. Anders als bei anderen Fällen, geht es jetzt um seine kleine Tochter. Aber er muss sich jetzt zusammenreißen und weitermachen.

Tjark sieht sich wieder das Bild in der roten Mappe an und fragt sich was das für Abdrücke sein können. Die er an den beiden Schulterblättern der Leiche erkennen kann. Phillip gesellt sich zu ihm und sieht ihm über die Schultern. Auch er sieht es, sie sind einfach nicht zu übersehen.

„Was meinst du? Will der Mörder uns einen Hinweis geben?"

„Das vermute ich auch, denn bis jetzt hat er keine Spur, die Aufschluss geben könnte hinterlassen."

„Lass uns gehen."

Tjark erhebt sich sofort, ohne zu fragen wohin, weiß er das Phillip zu van Dijk ins Institut will. Es ist nicht weit von der Polizeistation entfernt, weshalb sie nach zehn Minuten dort auf den Parkplatz rollen.

Als sie die Pathologie betreten hat Herr van Dijk die vierte Leiche bereits aufgemacht und sämtliche Untersuchungen abgeschlossen. Die Frau liegt wieder geschlossen auf dem Bauch, Strahler zeigen direkt auf die roten Abdrücke an ihren Schultern.

So wie die beiden eintreten spricht van Dijk auch schon vor sich hin, ohne den Blick dabei von seinem Klemmbrett zu nehmen.

„Ihr wurden Teile der beiden Waden, komplett beide Füße, Finger und Zähne entnommen. Es sind die gleichen Schnittwunden, die Frau passt ins Beute Schema des Mörders. Zwischen 1,70 und 1,75 cm groß, schlanke Statue, lange blonde Haare. Ich frage mich die ganze Zeit was die männliche Leiche dazwischen zu suchen hat."

Van Dijk spricht eigentlich mehr mit sich selbst, als mit den beiden Polizisten. Kopfschüttelnd fährt er fort, während Tjark sich die Abdrücke auf der Leiche ansieht.

„Ich vermute, dass die Frau nackt auf einer metallischen Liege mit irgendwelchen Wölbungen gelegen hat. Die Abdrücke sind Ante Mortem, es sind Verletzungen, welche dem Opfer vor seinem Tod zugefügt wurden, aber nicht zum Tod geführt haben."

„Das weiß ich auch." Tjark hasst die ganzen lateinischen Wörter, die niemand versteht.

Van Dijk sieht einmal kurz auf und dann wieder auf sein Klemmbrett.

„Sie hat nicht auf Schrauben, Muttern oder ähnliches gelegen, die Haut weißt kein Kratzer oder Schürfwunden auf. Es müssen in der Metallplatte gedrückte Formen sein, wahrscheinlich von der Unteren Seite hineingedrückt."

Phillip sieht sich die Wunden an den Waden der Frau an, währen Tjark van Dijk abwesend anstarrt.

„Hören Sie beide mir eigentlich zu?"

Phillip sieht nachdenklich aus, betrachtet den ganzen Körper der Frau.

„Was können Sie zu den Abdrücken noch sagen?", will Phillip wissen.

Ohne jegliche Emotionen fährt van Dijk fort und geht zu seinem Bildschirm, der wenigstens einen Durchmesser von einem Meter hat und der Sorte Ultra Sharp ist. Tjark fragt sich, ob es eigentlich gegen das Arbeiterschutzgesetz ist, dass er und seine Jungs auf der Wache solch schlechte Bildschirme mit schlechter Auflösung haben.

Nachdem er sein Passwort eingegeben hat, erscheint direkt ein Bild des rechten Abdruckes. Van Dijk tippt blind und zügig auf seiner Tastatur herum, die Auflösung des Bildes ist beeindruckend. Er zoomt das Bild soweit heran, dass, man jede Pore einzeln sehen kann.

„Sehen Sie das? Die weißen Rückstände in einigen der Poren? Ich bin mir noch nicht sicher, habe bereits eine Probe entnommen."

Dann zoomt er das Bild wieder auf normale Größe und senkt die Bildqualität, legt einen Filter auf das Foto und verändert die Farbe.

Der unförmige rote Abdruck auf der Haut hat Form angenommen und sieht aus wie eine Lilie mit Verschnörkelungen drum herum.

„Sehen Sie das?"

Phillip und Tjark starren gebannt auf den Bildschirm, völlig überrascht was van Dijk da gezaubert hat.

„Wieso eine Lilie?" will Tjark wissen.

Van Dijk antwortet ihm aber nicht, redet einfach weiter und öffnet mehrere Dokumente, um die Fotos der drei anderen Leichen zu vergleichen.

„Sehen Sie das?"

Tjark schaut van Dijk richtig sauer an und spricht auch in dem passenden Ton.

„Sehen Sie das? Sehen Sie das? Sagen Sie mal, haben Sie eine Schraube locker? Ich komme mir hier vor, wie in der Muppet Show! Sagen Sie, was Sie sehen!"

Van Dijk ist beleidigt und findet Tjark unmöglich. Er überlegt einen kleinen Augenblick, keine weiteren Informationen weiter zu geben. Aber das wäre ja sehr sträflich und auch nicht mit seinem Gewissen nicht zu vereinbaren, auch wenn er Tjark überhaupt nicht mag.

„Die ersten beiden Frauen waren zwar weiße, europäischer Abstammung, dennoch leicht gebräunt. Also, sie hatten ein wenig Farbpigmente, genauso wie der junge Mann hier, der war noch ein bisschen dunkler. Während unser jüngstes Opfer extrem weiß ist. Zu weiß für meinen Geschmack. Ich vermute, dass die Leiche gebleicht wurde. Wahrscheinlich sind die Rückstände in den Poren von irgendeinem Bleichmittel. Dadurch ist die Haut natürlich dünner, weißer und somit sehr viel empfindlicher, als die der drei vorherigen Leichen. Wahrscheinlich haben alle vier Personen auf dem gleichen Untergrund gelegen, nur, weil diese eine gebleicht wurde, können wir die Abdrücke erkennen."

Beide Polizisten sind etwas sprachlos, Tjark fragt dennoch.

„Wieso sollte der Mörder die vierte Leiche bleichen?"

„Darauf habe ich keine Antwort, das ist euer Job. Ich kann nur den Körperzustand beschreiben, den Rest müsst ihr schon alleine herausfinden."

Tjark sieht auf die Uhr und sein Magen gibt ihm Recht, es ist Zeit für sein Frühstück.

„Lass uns gehen, ich muss was essen, oder ich sterbe."

„Van Dijk, Sie waren uns wie immer eine große Hilfe. Bitte rufen Sie mich an, wenn Sie etwas Neues für mich haben."

Van Dijk nickt nur, völlig versunken in seinem Bildschirm, in dem er mit dem Foto des Abdruckes spielt und die Bilder der Leichen hin und her platziert.

Phillip folgt Tjark auf Schritt und Tritt, das ist an diesem Morgen nicht anders. Ungebeten steigt er in seinen Wagen ein und fährt mit ihm.

Er fährt stillschweigend zum Café, hat nicht vor irgendetwas zu sagen. Die Gedanken in seinem Kopf überschlagen sich. Er muss über den Fall nachdenken, kann aber nicht aufhören über Luca nachzudenken, er muss unbedingt herausfinden wo sie gewohnt hat.

Tjark parkt den Wagen vor dem kleinen Café und verlässt den Wagen ohne Phillip zu beachten. Wie gewohnt, läutet die kleine Glocke als er die Tür öffnet. Das privat geführte Café ist klein und gemütlich. An den kleinen runden Tischen stehen gepolsterte Stühle mit Armlehnen. Die

Fensterbänke sind zu gemütlichen Sitzgelegenheiten umgebaut worden auf denen unzählige Kissen in Rottönen stehen. Es ist ein Treffpunkt für Jugendliche und Studenten, da es WLAN für alle gibt. Tjark steuert den Platz am Ende der Theke an, direkt neben der Keksdose, wo sein Bagel und seine Kaffeetasse schon stehen.

Als Britta, die Inhaberin Phillip sieht, kommt sie mit einem kleinen Notizblock zu ihnen und schüttet Tjark Kaffee ein ohne ihn zu fragen.

„Kann ich Ihnen etwas bringen?"

Phillip sieht Britta schätzend an, ist wahrscheinlich faszinierend von ihrer Schönheit.

In letzter Sekunde erinnert er sich an seine geliebte Frau und bestellt etwas, anstatt mit ihr zu flirten.

„Einen großen Kaffee und vier halbe Sandwiches mit Thunfisch, bitte."

Britta notiert, wirft Tjark einen kurzen Blick zu und geht.

„Süß die kleine, ich glaub die hat ein Auge auf dich geworfen."

Tjark nimmt sich ohne zu reagieren einen Keks aus der Dose und schlürft seinen Kaffee.

Es ist ihm nicht möglich über Phillips Äußerung nachzudenken.

Wut, Verzweiflung, Trauer, die Hoffnung, dass Luca doch noch lebt.

All das spiegelt sich gerade in seiner Seele. Fragen über Fragen, die Machtlosigkeit nichts tun zu können, treibt ihn fast zu einer Ohnmacht.

Er weiß nicht wo er anfangen soll, was er nach diesem Frühstück unternehmen soll.

Dann klingelt sein Handy, Mandy ist am anderen Ende.

„Ich bin es, ich habe ihre Adresse, hast du was zum Schreiben?"

So wie Tjark in seiner Tasche herumkramt, erscheint Britta mit einem kleinen Tablett für Phillip.

„Darf ich?" Tjark greift ohne zu fragen in ihre Schürze, aus der Block und Kugelschreiber gucken. Wobei er unabsichtlich ihre Hüfte mit seinem Handrücken streift. Britta stellt das Tablett ab und weicht ein wenig zurück. Phillip kann Brittas Wangenröte nicht gut einschätzen, ob sie peinlich berührt, oder aber freudig aufgeregt ist. Tjark bekommt von all dem nichts mit und schreibt einfach nur auf, was Mandy ihm mitteilt.

Er sieht auf, reicht Britta ihren Block und Kugelschreiber und bedankt sich. Ohne auch nur einen weiteren Moment an sie zu verschwenden, beißt er in seinen Bagel und schlürft an seinem Kaffee. Britta ist nun sichtlich enttäuscht, das sieht Phillip ganz deutlich.

„Sie wohnt Kerkesingel 17, in Velsen-Zuid Amsterdam, sie arbeitet in einem Restaurant in der Meervlietstraat."

Britta ist wieder verschwunden und Phillip wird gerade klar, das Tjark seit Addas Tod keine Frau mehr gehabt hat.

Schweigend verschlingen beide ihr Frühstück. Phillip legt fünfzehn Euro auf den Tresen und hält seine rechte Hand über Tjark Portemonnaie, als er es öffnen möchte.

„Ich zahl schon, reicht das?"

Tjark nickt, nimmt den letzten Schluck Kaffee bevor er aufsteht und bewegt sich zur Tür. Phillip folgt ihm und verabschiedet sich höflich, als an Britta vorbeilaufen, die gerade einen frei gewordenen Frühstückstisch abräumt.

Ungeduldig machen sie sich auf den Weg zurück nach Amsterdam.

Von Sneek nach Amsterdam dauert es über die A7 ungefähr eine Stunde, ohne Stau. Sie müssen über die Afsluiddijk Brücke. Die Sicht auf das Ijsselmeer beruhigt Tjark ein bisschen, er versinkt in Gedanken an Adda und Luca. Zum ersten Mal überhaupt lässt er Erinnerungen dieser Art zu. Ihm war die ganzen Jahre über klar, dass er ein schlechter Vater ist. Hat diese Gedanken aber immer einfach verdrängt und sich in die Arbeit gestürzt.

Nicht, weil er Luca nicht liebt. Er war einfach mit seiner Trauer und dem kleinen Kind so sehr überfordert, dass er nicht anders konnte.

Ohne es zu bemerken, haben sie ihr Ziel erreicht. Tjark stellt den PKW ab und steigt nervös aus. Phillip folgt ihm zur Haustür Nummer 17, der Briefkasten „de Fries" quillt bereits über. Lucas Namenschild ist mit der Hand geschrieben, eine sehr schöne Schrift. Sie schellen einfach irgendwo bei einem Nachbarn und die Tür geht mit einem lauten Summen auf.

„Entschuldigung, wir haben uns vertan." ruft Tjark in das Treppenhaus hinein. Der Nachbar schließt seine Haustür Wortlos.

„Es ist wirklich unglaublich, wie ignorant die Menschen heut zu Tage sind. Lassen einfach irgendwelche Fremde herein, ohne nachzufragen, wer denn da ist."

„Wir sind doch von der Polizei."

„Ja Phillip, das weiß dieser Nachbar doch nicht."

In der zweiten Etage rechts, steht Luca de Fries auf einen ovalen Tonteller, der handgemacht aussieht.

Es dauert nur einen kleinen Augenblick und Tjark hat die Tür mit einer Checkkarte geöffnet. Schnell huschen beide in die Wohnung und schließen leise die Tür hinter sich.

Tjark weiß nicht wonach er sucht, der Flur in der kleinen Wohnung ist klein und hell. Eine leere Garderobe aus Edelstahl zur linken, ein Hacken neben der Eingangstür, an dem Wahrscheinlich immer der Haustürschlüssel hängt. Sie gehen in das Wohnzimmer, helles Laminat, weiße Möbel und ein kleines Weißes Sofa. Das Bücherregal quillt über mit Romanen. Sie scheint alles Mögliche zu lesen, es reicht von Liebesromanen bis hin zu Gödel Escher Bach.

Phillip geht in die Küche, während Tjark wie angewurzelt vor einer Fotowand stehen bleibt. Wenigstens dreihundert kleine verschiedene Bilderrahmen schmücken die Wand, mit Fotos von Luca. Sie war am Strand, mit Freunden am Feiern, auf einer Weihnachtsfeier, dann sind da Fotos aus Ihrer Kindheit.

Adda.

Tjark fühlt sich um Jahre zurückversetzt, Luca sitzt auf Addas Schoss. Er kann sich noch genau daran erinnern, als er dieses Foto geschossen hat. Ein Foto von sich, mit Luca auf dem Rummelplatz, in einem Fahrgeschäft. Luca hat an diesem Tag geschrien vor Freude.

Seit dem Tod hat er sich kein Foto seiner Familie mehr angesehen, hat alles in einem Karton in den Keller gepackt. Zu schmerzhaft waren die Erinnerungen.

Nun steht Tjark vor den Scherben seiner Vergangenheit, wird direkt mit seinen Fehlern konfrontiert.

Er ist für Luca einfach nicht da gewesen, er hat ihr halbes Leben verpasst. Für einen Moment fragt er sich, ob sie ihm das jemals verzeihen wird.

Nie zuvor wurde ihm das so schmerzhaft bewusst, wie in diesem Augenblick.

Er fühlt sich wie ein Verräter, er hat alles falsch gemacht, ist einfach ein schlechter Mensch.

„Ich habe ihren Terminplaner gefunden." Phillip sieht nicht auf, während er in dem kleinen grauen Buch liest und in das Wohnzimmer kommt.

„Ich glaube sie studiert, hier steht nur Uni hier und Uni da, Vorlesungen und so weiter. Alles in ein und derselben Schrift, mit dem gleichen Stift."

Aus seinen Gedanken gerissen sieht er zurück zum Bücherregal und fragt sich was sie wohl studiert. Und wer ihre Freunde sind? Wieso vermisst sie denn keiner?

Phillip setzt sich an ihren Arbeitsplatz und startet den PC.

„Wir müssen jemanden aus der IT anrufen, hier muss ein Passwort eingegeben werden, das kann ich nicht umgehen."

„Das geht nicht, wir sind offiziell gar nicht hier."

Tjark bückt sich über den PC und starrt auf das Windows Fenster, gibt einfach „Adda" ein.

So wie der PC sich öffnet, überkommt ihm eine dicke Gänsehaut. Das alles hier ist so unrealistisch. Dass er plötzlich in Lucas Wohnung ist, in ihrem PC stöbert, um herauszufinden, wo sie ist.

„BINGO, das nenn ich mal einen Glückstreffer, du solltest heute noch Lotto spielen."

Da Tjark keine große Ahnung von PCs hat, nimmt er wortlos den Terminplaner an sich und setzt sich in einen Lesesessel.

„Finde was."

Phillip weiß das seine lustige Art fehl am Platz ist, aber er versucht Tjark eigentlich nur abzulenken und aufzumuntern. Denn schließlich gibt es keinen Beweis dafür, dass Luca tot ist. Phillips Natur ist optimistisch und er hofft, dass sie einfach nur im Urlaub ist oder so. Wortlos macht er sich an die Arbeit und durchstöbert systematisch ihren PC.

Während Tjark den Terminplaner durchblättert, stellt er fest, dass Luca eine auffallend schöne Schrift hat, dass alle Einträge ordentlich, mit gleichem System und dem gleichen Stift eingetragen sind. Das hat sie wahrscheinlich von Adda geerbt, die war genauso ordentlich.

Dann stößt er auf einen Eintrag der ihn stutzig macht, ein Termin morgens um neun Uhr, der außerordentlich erscheint. Der Termin steht am gleichen Tag, an dem ihre angebliche Leiche gefunden und er angerufen wurde, um sie zu identifizieren. Also war das ihr letzter Eintrag, obwohl Uni Termine bis zum Jahresende bereits vordatiert sind.

„Henry Schleuse 09:00 Uhr."

„Was?" Phillip fragt konzentriert auf seinen Bildschirm, spricht eigentlich mit sich selber.

„Das steht hier im Kalender, das muss was sein, dem gehen wir nach."

„Sieh nur, es gibt hier einen Chatroom für Single. Zuletzt hat sie mit einem Henry geschrieben, sie wollten sich tatsächlich an der Schleuse in Oranjesluizen treffen."

Tjark steht bereits hinter Phillip und sieht gebannt auf den Verlauf. Phillip scrollt immer weiter nach oben, sie überfliegen beide den kompletten Chat. Es sieht so aus, als hätte sich Luca in diesen Henry verliebt und wollte sich mit ihm treffen. Phillip hält den Cursor an obwohl, das bestimmt nicht leicht für Tjark ist, aber wahrscheinlich für die Fahndung wichtig.

„Ich habe keine Eltern mehr. Sie sind beide tot. Hab auch keine Geschwister, bin der totale Einzelgänger, ich habe auch keine Freunde."

„Nimm das nicht so ernst, wahrscheinlich wusste sie nicht was sie hätte antworten sollen, wenn dieser Henry sie jemals aufgefordert hätte, ihre Eltern kennen zu lernen. Das war nur Selbstschutz und hat bestimmt nichts mit dir zu tun."

„Ist ok, ich habe es auch gar nicht anders verdient, als in ihren Augen tot zu sein. Ist denn da keine Adresse? Hat der Drecksack denn kein einziges Foto geschickt? Was ist mit seinem Profilbild?"

Phillip verlässt den Chat und geht auf sein Profil. Er benutzt ein Foto von einem Gewässer, wahrscheinlich der Kanal. Unter Info steht nichts, nicht mal ob er Single ist oder an was er interessiert ist. Im Chatverlauf gibt er sich sehr gebildet, spricht über Philosophie. Da sind keinerlei sexistischer Bilder oder unterschwellige Andeutungen auf Sex oder sonst was.

„Mach eine Kopie von seinem Profilbild und schick es Mandy. Sie soll herausfinden, wo das Foto gemacht wurde."

Phillip schneidet das Foto mit dem Snippingtool aus und schickt es direkt an Mandy, mit der passenden Nachricht.

Sie wissen, dass es hier nichts mehr zu finden gibt, sie haben alles, was sie für den Anfang brauchen.

Phillip geht noch in das kleine Bad und packt eine Haarbürste von Luca ein.

Zügig verlassen sie die Wohnung, fahren in Richtung Oranjesluizen, um die besagte Schleuse zu finden.

Sie fahren über die Autobahn und befinden sich in einer halben Stunde mitten in einem riesengroßen Industriegebiet. Hier stehen unzählige Fabriken quer durcheinander. Es ist kein geplantes, sondern mit der Zeit ein langsam gewachsenes Industriegebiet. Es ist so groß und unübersichtlich, dass sie nicht wissen wo sie anfangen sollen. Planlos fahren sie durch die Gegend, bis sie die besagte Schleuse finden und steigen aus.

Phillip holt sein Handy heraus währen Tjark sich an das Ufer stellt, eine Zigarette anzündet und in das Wasser schaut.

„Sag mal kannst du nicht einmal dein Handy in der Tasche lassen?"

Er antwortet nicht, sucht einfach weiter bei Wikipedia und liest dann laut vor.

„Die Oranjesluizen sind ein Schleusenkomplex zwischen Binnen-IJ und Außen-IJ in Amsterdam. Sie tragen dazu bei, dass der Wasserstand im

Nordseekanal konstant bleibt und nicht zu viel Salzwasser vom Nordseekanal zum Ijsselmeer gelangt.

Die Schleusenanlage liegt zwischen Schellingswoude am Nordufer des IJ und dem Zeeburgereiland,..... Die kleinen Schleusen sind ... hm, hm, hm, hmmmm... bla, bla ... Wasserfilm laufen.

König Wilhelm bla, bla, bla .....am 25. Oktober 1872 wurde das erste Schiff geschleust. Hmmmmm.

Irgendetwas werden wir schon hier finden."

Phillip liest weiter vor, während Tjark aufmerksam zuhört.

„Wegen des immer stärker werdenden Verkehrs von Berufs- und Freizeitschifffahrt in den 1970er Jahren und der oft gefährlichen Situationen, die dabei entstanden, wenn beide gleichzeitig durch die Schleusen wollten..."

Phillip sieht von seinem Handy auf und starrt in die Ferne.

„Luca hätte sich weiß Gott wo, hier an der Schleuse mit diesem Henry treffen können. Wir suchen hier nach der Nadel im Heuhaufen. Lass uns Feierabend machen, ich muss schlafen, ich kann gar nicht mehr klar denken."

Tjark nickt nur, schmeißt seine Zigarette in den Kanal und dreht sich zum Gehen.

„Wo wohnst du eigentlich?", will Tjark wissen.

„Ich wohne er ländlich, in einer Pension bei einer alten Dame. Ich habe keine Lust auf dieses Hotelgetue, das ist mir zu unpersönlich."

„Wo ist das denn?"

„Graaf Adolfstraat, ganz in deiner Nähe."

„Verfolgst du mich?"

„Nein."

Die beiden Polizisten sind zu müde und in Gedanken versunken, um sich zu streiten. Die ganze Fahrt über sprechen sie kein Wort mehr. Tjark denkt über Adda und Luca nach, aber auch der Fall mit den gehäuteten Leichen macht ihm zu schaffen. Er hofft einfach nur, dass das Ganze ein wahnsinniger Irrtum ist und Luca niemals in dem Institut gewesen ist. Sondern einfach bei einem Freund, oder bei Henry, oder im Urlaub, irgendwo halt.

Nur nicht Tod.

Beim Aussteigen bleibt Phillip kurz stehen bevor er die Tür zu schlägt.

„Holst du mich hier morgen früh ab?"

„06:40 Uhr, steh dann vor der Tür."

„Ok, gute Nacht."

Tjark fährt ohne zu antworten los, ein paar Häuserblocks weiter zu seiner Wohnung im zweiten Stock. Es ist eine Uhr nachts und er ist am Ende seiner Kräfte.

Es sieht so aus als wäre er gerade erst eingezogen, Umzugskartons stapeln sich im Flur neben einer völlig überladenen Garderobe. Er steuert im Dunkeln die Küche an, in der er das Licht anstellt. Zieht seinen alten Parker aus und schmeißt ihn über die Stuhllehne. Als er hier damals eingezogen ist, war alles bereits möbliert und es sieht so aus als hätte hier vorher eine Frau gelebt. Die Landhaus Küche ist völlig verstaubt, da Tjark hier noch nie gekocht oder geputzt hat. Überall liegen Ordner und Dokumente, Tjark benutzt seine Küche eher als Büro. Auf dem kleinen runden Küchentisch steht sein Laptop den er einschaltet, bevor er sich zum Kühlschrank dreht und sich ein Bier nimmt. Er öffnet es mit den Zähnen und trinkt direkt aus der Flasche im Stehen. Nicht dass er ein Alkohol Problem hat, doch seit Addas Tod ist es sehr viel mehr geworden. Er starrt auf seine Manteltasche die über der Stuhllehne hängt und greift hinein. Es ist das kleine Bild in dem herzförmigen Bilderrahmen, welches er einfach von Lucas Fotowand genommen hat. Die beiden wichtigsten Menschen in seinem Leben sind hier auf einem Foto vereint, zusammen am Strand. Er hörte das Meer rauschen, fühlt den weichen heißen Sand unter seinen nackten Füßen, als er dieses Foto schoss. Es ist als würde er zurück in die Vergangenheit reisen können. Noch einmal seine Lieben sehen können, Addas Duft einatmen und Luccas liebliche Kinderstimme lachen hören. Er hat es immer vermieden sich irgendwelche Fotos anzusehen, er war einfach nicht stark genug dafür. Deshalb hat er alle in den Keller gepackt. Nun muss er sich eingestehen, dass es nicht mehr so weh tut, und dass er ein egoistisches Arschloch war, indem er Luca so hat fallen lassen. Er trinkt die andere Hälfte des Bieres auf und nimmt sich die Flasche Whisky vom Küchenregal. Er trinkt einen großen Schluck direkt aus der Flasche, brennender rauchiger Geschmack fließt seine Kehle herunter. Das Bild lässt ihn nicht los, er setzt sich an den Küchentisch, bereit noch ein paar Recherchen zu machen. Er nimmt noch einen Schluck und noch einen, soviel bis endlich die Schmerzen in seinem inneren nachlassen. Die goldene Flüssigkeit verbreitet sich in seinem Körper wie ein Geist, der alles stilllegt. So kann er das Meeresrauschen auch viel besser hören, Luca rennt plötzlich weg. Sie rennt und lacht, Adda läuft ihr hinterher bis sich beide in die seichten Wellen werfen und lachen. Wenn er nicht den Fotoapparat dabeigehabt hätte, wäre er auch in das Meer gesprungen. Aber ihnen beiden zuzusehen, ist genauso schön. So schön, dass es ihm warm um sein Herz wird. Als er in die ferne blickt, hat er eine Aussicht die nicht ins Bild passt. Hier ist er noch nicht gewesen, aber irgendwie kam ihm diese Aussicht bekannt vor. So wie er sich von der Aussicht abwendet und nach seinen Lieben sieht. Sitzt Adda vor ihm im Sand, sie ist ganz dünn geworden, ihr schwarzes Kopftuch wird vom Wind weggetragen. Sie versucht es noch zu halten, ist aber zu schwach. Ihr nackter Kopf sieht nun noch dünner aus, der Krebs hat alles vernichtet was jemals schön an Adda gewesen ist. Sie flüstert ihm die ganze Zeit etwas zu, aber er kann sie nicht hören. Erst als er sich zu ihr kniet, kann er ihre Worte verstehen. Er genießt diesen Moment so sehr, nimmt sie in den Arm und erinnert sich an ihren lieblichen Duft.

„Adda, geh bitte nicht weg, verlass mich nicht."

Sie drückt ihn liebevoll von sich weg, um ihm in die Augen sehen zu können.

„Pass auf sie auf, sie ist mein Mädchen, du musst sie finden, sie lebt."

So wie Tjark zur Seite schaut ist Luca auch schon verschwunden. Verwirrt springt er auf schreit laut ihren Namen, rennt am Strand auf und ab. Immer wieder sieht er ins offene Meer hinaus, panisch, dass sie wohlmöglich hinausgetrieben und ertrunken ist. Dann läuft er zu der

Stelle zurück, an der Adda gerade noch gesessen hat. Der Wind weht ihre letzten Überreste wie Staub in Richtung Osten. Tjark fällt auf die Knie, greift nach dem Sand, der seinen Händen entgleitet. Er kann ihn einfach nicht halten, er fließt und wird vom Wind weggetragen. Mit Händen im Gesicht schreit er ihren Namen, weint laut und lässt alles heraus was er in all den Jahren vehement unterdrückt hat. Bis er Lucas stimme hört, sie ruft immer wieder nach ihrem Papa.

Tjark springt auf, er rennt, kann sie aber am Strand nicht finden. So wie er eine der Dünen herauf klettert erscheint ihm wieder die Aussicht, die nicht in die Umgebung passt.

Es ist das Profilbild von Henry, dem Typ aus dem Chatroom. So wie er an ihn denkt, erscheint auch ein Mann, der mit der kleinen Luca unter seinem Arm über die Dünen rennt.

Tjark rennt und rennt, schreit sich dabei die Kehle aus dem Hals, doch es nützt nichts. Sie verschwinden, er kann sie einfach nicht mehr sehen.

Das summen in seinem Kopf wird immer lauter, es wiederholt sich, nimmt eine Melodie an.

Sein Handy klingelt und weckt ihn aus diesem schrecklichen Traum. Er ist am Küchentisch eingeschlafen, mit dem Gesicht auf der Tastatur des Laptops.

„Ja?"

„Mandy hier, du sollst ins Büro kommen, Björk will dich sehen."

Mandy legt wortlos auf, versäumt es sich zu verabschieden.

Ohne darüber nachzudenken, zieht er seinen Mantel an, steckt sein Handy und seine Zigaretten ein und verlässt sein zu Hause.

So wie er in seinen Wagen einsteigen will, kommt Phillip auch schon die Straße hinaufgelaufen und steigt auf Tjark´s Beifahrer Seite ein.

„Guten Morgen, hat Mandy dich auch wach geschellt?" will Phillip wissen.

„Ja." Der Traum steckt Tjark noch tief in den Knochen, er ist ein Morgenmuffel, hasst Menschen die morgens fröhlich sind und will einfach nur einen Kaffee.

Der Polizist aus Düsseldorf ist zwar noch jung, aber nicht dumm und merkt, wann er den Mund halten soll.

Stillschweigend fahren sie zur Wache, wo immer sehr viel los ist. Verletzte Kampfhähne aus letzter Nacht, weinende misshandelte Frauen, aufgebrachte Menschen die Anzeige erstatten wollen, vertreiben Tjark´s Erinnerungen an letzte Nacht restlos.

Die beiden gehen grußlos an dem Empfang vorbei und drängeln sich durch das Großraumbüro. Sie werden von Mandy aufgehalten, die Unterlagen im Arm hält, die sie an die beiden verteilt.

„Ihr müsst in den Besprechungsraum, hier sind Fotos der ganzen Leichen, eine Karte hängt bereits an der Wand mit Markierungen der Fundorte. Hier habe ich auch das Foto, das ihr mir gestern geschickt habt. Ich denke, dass es in der Nähe der Oranje Schleusen bei Amsterdam gemacht wurde."

„Was?" Phillip starrt auf das Foto als wäre es gerade das wichtigste in seinem Leben überhaupt.

„Da waren wir gestern doch schon, was ist denn da so bemerkenswert dran?"

Björks feste stimme hallt durch das Durcheinander in dem Großraumbüro.

„De Vries!"

Abrupt setzen sich alle drei in Bewegung, Richtung Besprechungsraum.

Es sitzen noch drei weitere Kollegen mit ihren Notizblöcken am Tisch und warten, dass es losgeht.

Mandy nimmt sich direkt die Kaffeekanne, die sie vorher im Raum platziert hat und gießt jeden ein. Die Luft im Raum ist stickig und heiß.

Björk steht mit geballten Händen, sich auf die Tischplatte stützend, vor Phillip und Tjark.

„So, nachdem alle ausgeschlafen haben, hoffe ich, dass wir hier heute zu einigen Ergebnissen kommen." Er setzt sich und bittet Phillip mit einer Handgeste anzufangen.

Tjark schlürft an seinem Kaffee, sein vom Schlaf zerknautschtes Gesicht, ist mit Abdrücken der Tastatur gekennzeichnet. Sein Haar ist ungekämmt, er kratzt sich seinen Dreitagebart und blättert in den Unterlagen, die Mandy ihm gegeben hat.

Phillip steht vor der Landkarte und steckt die Fotos der Leichen zu den dazugehörigen Fundorten mit Nadeln fest.

„Guten Morgen alle miteinander. Für die, die mich noch nicht kennen, ich bin Phillip von Heinitz. Ich bin Sachverständiger und Psychiater bei dem BKA Düsseldorf. Ich wurde vor ein paar Tagen dazu gerufen, um ihr Team zu unterstützen."

Phillip dreht sich um und schreibt mit einem schwarzen Stift „geographische Fallanalyse" über die Landkarte. Er bleibt mit dem Rücken zu seinen Kollegen stehen und vertieft sich in seinen Gedanken.

„Die Leichen wurden an diesen vier Punkten in unregelmäßigen Abständen, an verschiedenen Orten, an verschiedenen Flussufern gefunden, die alle mit dem Bewässerungskanal in Amsterdam verbunden sind, sprich auch mit dem Ijsselmeer. Zuerst zwei Frauen, dann eine männliche Leiche. Sie wurden alle in den Morgenstunden gefunden und der Zustand der Körper lässt daraus schließen, dass sie in der Nacht abgelegt wurden. Da an den Fundorten weder Reifen noch Fußabdrücke gefunden wurden, lässt sich daraus schließen, dass der Täter die Leichen wahrscheinlich im Wasser abgelegt hat. Es kann kein großes Schiff gewesen sein, da die Nebenflüsse recht niedrig sind und die Leichen in so kurzer Zeit nicht von den Binnenkanälen so weit getrieben worden sein können. Ich gehe von einem kleinen motorisierten Boot aus, das nicht viel Krach macht."

Phillip zeichnet nun rote Kreise in einem Radius von vier Kilometern um die vier Fundorte.

„Wenn man davon ausgeht, dass die Leichen ungefähr zur gleichen Zeit abgelegt wurden, Stromschnellen und Richtungen der Flüsse berücksichtigt, würde ich von diesem Gebiet aus gehen, in dem der Täter die Leichen abgelegt hat."

Phillip zeichnet nun einen blauen Kreis in einem Radius von zwei Kilometern ein, der die anderen vier roten Kreise schneidet.

Tjark fällt sofort auf, dass die Schleuse im blauen Radius liegt.

Phillip kramt in seinen Unterlagen herum, stellt den alten Tageslichtprojektor ein und legt eine mit der Hand gezeichnete Folie auf.

„Bitte verzeihen Sie meine nicht vorhandenen künstlerischen Fähigkeiten, aber ich denke, es ist verständlich."

Ohne eine Antwort abzuwarten, nimmt er seinen Kugelschreiber und hält ihn auf seine Zeichnung. An der Leinwand sind die Umrisse eines Menschen zu erkennen, auf dem die fehlende Haut und Körperteile auf einem Körper eingezeichnet sind.

„Der Täter hat Rücken, Bauch und Waden seziert. Gesichter, Zähne und Hände wurden meiner Meinung nach nur entfernt, um die Identifizierung der Leichen zu erschweren. Wo hingegen die sezierten Hautlappen einem anderen Zweck dienen werden. Es gibt vergleichbare Fälle, in denen die Täter unter einer schweren paranoiden Psychose litten. Bei denen gegerbte Hautlappen, oder Körperteile zweckentfremdet wurden.

„Was soll das heißen?" fragt Mandy mit eiskalter Miene.

„Sie wurden zur Erstellung von Kleidung oder irgendwelchen Dekorationen genutzt."

Er geht davon aus, dass er ihre Frage beantwortet hat und fährt fort, Während Mandy in Ihren Notizen herumblättert.

Phillip schreibt nun: *Motivation,* auf das Whiteboard neben der Landkarte und spricht weiter.

„Ich gehe von einem männlichen Mörder aus, der ein starkes Problem mit Frauen hat. Außergewöhnlich ist in dieser Mordserie, die männliche Leiche. Denn bisher gab es in der Geschichte der Serienmörder ausschließlich männliche Mörder, die Frauen zur sexuellen Befriedigung, so zu gerichtet haben. Er könnte gefallen an ihm gefunden haben oder das männliche Opfer ist ihm einfach nur in die Quere gekommen. Tatsächlich hat er keine Tötungshemmungen mehr, die entscheidende Bedeutung seiner Opfer ist wahrscheinlich, die Entmenschlichung. Was ein weiteres Indiz für eine sexuelle Störung ist und sein Wunsch nach Macht.

Ich vermute aber, dass er noch eine gewisse gesellschaftliche Reue fühlt, denn er will erwischt werden. Entweder, er möchte gestoppt werden oder es ist ihm vielleicht auch nicht genug, ganz alleine die Macht zu genießen, die er bei den Opfern ausübt."

Er schreibt*: Persönlichkeits- und Tatmerkmale,* darunter.

„Wahrscheinlich ist er ein Opfer der Gesellschaft oder wurde bereits in der Kindheit körperlich oder seelisch misshandelt. Diese Menschen leben oft in der Abgeschiedenheit, haben keine sozialen Kontakte und leben ausschließlich dafür, um ihre Fantasien auszuleben. Wahrscheinlich hat er keinen hohen Stellenwert oder kein Ansehen, er fühlt sich nutzlos und bedeutungslos.

Es gibt verallgemeinerbare Eigenschaften von Serientätern, die Prognosen zulassen."

Phillip dreht sich kurz zu seinen Kollegen um und wedelt mit dem Stift in der Luft herum, um seine Angaben bildlich zu unterstreichen.

„Er wird zum Zeitpunkt der Tat bei vollem Bewusstsein gewesen sein, also zurechnungsfähig, fähig zwischen Gut und Böse unterscheiden zu können. Anders ist es bei Amokläufern, die in kurzer Zeit viele Menschen in einer Art Rausch töten und sich hinterher an nichts mehr erinnern können. Hier ist das zentrale Element allerdings der Mord, er wird so lange töten bis er gestoppt wird. Wir können nicht wissen ob er bereits vorher getötet hat und die Leichen verschwinden lassen hat. Dass er sie uns jetzt präsentiert, alle im Fluss, beinhaltet wohl eine Nachricht. Zwischen den Morden können bei Serientätern Monate, ja sogar Jahre liegen. Die kurzen Abstände in dieser Serie zeigen, dass er unheimlichen Druck zu töten empfindet und dass er dafür nun Aufmerksamkeit erwartet. Die Opfer haben keine Gemeinsamkeiten und werden wahrscheinlich auch nicht miteinander verwandt oder bekannt gewesen sein. Die intrinsischen Motivsysteme haben den Ursprung in seiner Persönlichkeit. Sie beherrschen sein Verhalten, implizieren das Streben nach Macht. Da er sonst nichts in seinem Leben erwartet, sein eigenes Dasein als nichts, bezeichnet."

Mandy zeigt mit dem Kugelschreiber in der Hand auf.

„Ja bitte."

„Das Foto welches, Sie mir geschickt haben, ist in dem blauen Radius entstanden, welchen Sie eingezeichnet haben."

Björk sieht Phillip fragend an.

„Welches Foto?"

Phillip reicht ihm einen Ausdruck den Mandy gemacht hat.

„Wir haben das Foto im Rahmen der Ermittlungen bei einem gewissen Henry gefunden, der im Kontakt mit Herr de Vries Tochter stand."

„Was hat das zu bedeuten?" fragt Björk in ruhigem Ton.

Phillip nimmt eine Kopie des Profilbildes und pinnt sie in den blauen Radius auf der Landkarte.

„Das kann ich bis jetzt noch nicht genau sagen, doch das kuriose Verschwinden von Luca de Fries und der Zufall, dass das Foto in dem Radius gemacht worden ist in dem ich den Standort des Täters vermute scheint mir nicht unwichtig zu sein."

„Mir ist zu Ohren gekommen, dass Sie eine Kapsel aus dem Krematorium in Amsterdam mitgenommen und zu einer Analyse dort abgegeben haben. Jansen hat mich heute Morgen kontaktiert, um mir mitzuteilen, dass ihr ihn erpresst habt." Sagt Björk.

„Diese kleine Ratte", nuschelt Tjark vor sich hin.

Björk spricht Tjark nun direkt an.

„Ich kann deine Beweggründe verstehen, es ist mir eine Herzensangelegenheit Luca zu finden. Aber wir müssen uns an die Regeln halten, du weißt was im Falle einer Verhaftung passiert, wenn uns Fehler unterlaufen."

Tjark schaut stumm aus dem Fenster, in Gedanken versunken, was er gleichmachen will und was er mit diesem Typ machen wird, wenn er ihn in die Finger bekommt.

„Ja Boss."

Björk gefällt diese Aussage nicht, zumal sie ungerecht ist, da sie langjährige Freunde sind. Aber er versteht Tjark´s Frust und ignoriert seine Sturheit einfach.

„Fahren Sie fort Phillip, was fassen Sie zusammen?"

„Der Täter hat keine sozialen Kontakte oder Familie. Er kann zwischen 25 und 45 Jahre alt sein. Er agiert oder lebt in dem blauen Radius. Er wird sich unscheinbar Kleiden und von durchschnittlicher Statur sein. Er hat einen Bootsführerschein, denn das Risiko von der Polizei erwischt zu werden, wegen unerlaubtem Fahren eines Bootes, wäre zu hoch. Er muss sich gut in diesen Gewässern auskennen, er ist kein Anfänger. Deswegen wird er wahrscheinlich hier aufgewachsen sein. Er ist mit dem menschlichen Körper sehr vertraut, derart präzise Eingriffe in den menschlichen Körper stammen nicht von einem Laien. Vielleicht hat er Medizin studiert. Um solche Verstümmelungen vorzunehmen, braucht man Platz und Abgeschiedenheit. Das wird er nicht in einer Mietwohnung bewerkstelligt haben. Der blaue Radius und das Boot lässt vermuten, dass wir ihn in einem fabrikähnlichen Gebäude mit Anlegestelle finden werden."

Alle im Raum machen sich Notizen, außer Tjark.

Björk steht auf, um alle Aufmerksam auf sich zu richten. Phillip setzt sich wieder.

„Vielen Dank, Phillip. Ich bin sehr von Ihrer Arbeit beeindruckt. Mandy, ich möchte, dass sie herausfinden, welche Firmen in dem blauen Radius ansässig sind, seit wann sie dort sind und ich möchte die Namen der Geschäftsführer wissen. Ich möchte eine Liste aller

Bootsschein Besitzer aus ganz Amsterdam die zwischen 25 und 60 Jahre alt sind. Eine gesonderte Liste von denen, die in dem blauen Radius ansässig sind oder dort arbeiten".

Mandy schreibt die ganze Zeit kommentarlos mit.

„Tjark, finde bitte heraus, wer die Leiche zum Abtransport in das Krematorium frei gegeben hat. Ich möchte wissen, wer die Leiche aus der Kartusche ist. Es ist gestern wieder ein Schwung Vermisstenanzeigen hereingekommen. Ich will wissen, wer die verstümmelten Leichen sind. Ich werde mit Amsterdam telefonieren, dass ihr einen Durchsuchungsbefehl für Lucas Wohnung bekommt."

Björk packt seine Unterlagen zusammen und macht sich auf zum Gehen.

„Machen wir diesem Dreckschwein Feuer unterm Arsch. Ich bin jetzt im Büro, muss ein paar Telefonate führen."

Alle anderen stehen auf und sehen die Besprechung als beendet. Mandy sammelt alle Kaffeetassen ein und stellt sie auf den Servierwagen zu den anderen Utensilien.

Phillip wendet sich mit einer verschlossenen Zellophan Tüte in der Hand an Mandy, die gerade vor dem Servierwagen steht.

„Bitte lass Jansen die Haarbürste zukommen, sie ist aus Lucas Wohnung. Er soll die DNA mit den Resten der Asche vergleichen. Dann weiß er schon was ich meine."

Sowie Mandy nickt, ruft Björk schon nach Ihnen.

„Tjark, Phillip?" Björk spricht nun etwas leiser, damit die anderen ihn nicht hören können.

„Keine eigenwilligen Aktionen mehr, ihr bringt die Kapsel zurück ins Krematorium und belästigt Jansen nicht mehr." Beide gucken schuldbewusst auf den Boden.

„Ist das klar?" will Björk wissen.

„Und wenn du mich suspendierst, ich werde alle Hebel in Bewegung setzen, um Luca zu finden." Tjark sieht Björk nun direkt in die Augen.

Björk weiß, dass er in diesem Fall so einiges durchgehen lassen wird, das ist er seinem Freund schuldig.

„Ja, ich weiß, übertreibe es bitte nur nicht."

Tjark und Phillip machen sich kommentarlos auf den Weg zu ihren Schreibtischen.

Phillip schaltet seinen PC an und sucht im Internet nach dem Foto, das Henry als Profilbild benutzt. Er vermutet, dass die Aussicht ihm persönlich etwas bedeutet. Vielleicht hat er es ja sogar von seinem zu Hause, seinem Arbeitsplatz oder dem Tatort ausgemacht. Tjark holt das Foto im Herzrahmen aus seiner Jackentasche, er starrt es an und schwört sich, dass er seine Tochter finden wird. Koste es, was es wolle.

Einige wenige Meter unter Tage, stehen seit langer Zeit nicht mehr in Betrieb genommene Dieselmotoren, die die alten Stanzmaschinen im Obergeschoss bedient haben. Es ist hier unten dreckig und düster, der lange Gang des Maschinenraumes sowie die angrenzende Schaltzentrale, der Aufenthaltsraum und verschiedene Werkstätten stinken bestialisch nach Benzin und Verwesung. Nur die grünen Fluchtwegbeleuchtungen lassen die Umrisse des bereits zerfallenden Mauerwerkes erahnen. Er zieht ein zirka fünfundsechzig Kilo schweres, in Plastik eingeschweißtes Packet durch den Dreck, welches nur eine einzige kleine Öffnung am Kopfende hat. Am Ende des Maschinenraumes liegt der alte Aufenthaltsraum, den er Zweckendfremdet. Er lässt das stille Paket unachtsam in einer Ecke liegen und steuert den großen Kühlschrank an, den er öffnet, betätigt den Lichtschalter daneben, der diesen Raum nur spärlich beleuchtet. Eine Lichterkette, die er unter der Decke dekoriert hat wirkt wie ein Sternenhimmel. Das Radio springt an und spielt moderne Lieder aus den Charts. Auf dem Tisch in der Mitte des Raumes, sowie auf dem kaputten alten Küchenblock aus den sechziger Jahren, liegt überall schmutziges Geschirr mit vergammelten Essensresten. Kleine Käfer und Maden haben sich dieses Territorium zu Eigen gemacht. Der rostige Kühlschrank stinkt nach Aas und ist komplett mit Einmachgläsern gefüllt. Von dem er ein Glas herausnimmt und es neben das Terrarium auf der linken Seite stellt, in dem er Kakerlaken hält. Der Gestank ist so unmenschlich abartig, dass er würgen muss als er es öffnet.

Jedes Mal muss er würgen, er führt dieses Gefühl absichtlich herbei. Damit er sich immer und immer wieder an den Tag erinnert. Damit er nicht vergessen kann, was geschehen ist und mental immer wieder in das Fass zurückgesetzt wird.

Mit einer Gabel zieht er den eingelegten Darm aus dem Glas, öffnet das Terrarium einen Spalt und lässt ihn hineinfallen. Einige Kakerlaken huschen dabei heraus, krabbeln über den schmutzigen Tisch und suchen sich direkt ein Versteck. Mit einem Lächeln im Gesicht schließt er den Glaskasten und stellt das verdreckte Glas zur Seite. Stolz sieht er sich seine Einmachgläser an, die mit Gedärmen, Augen und anderen Leichenteilen gefüllt sind, bevor er den dreckigen Kühlschrank wieder schließt.

Das auf dem Boden liegendes Paket bewegt sich, gibt leise schluchzende Töne von sich. Er packt es und zieht es weiter hinter sich her, bis in den Zwinger aus rostigen Metallstangen. Mit einem Messer schneidet er das Paket am unterem Ende auf. Legt die rot lackierten Füße frei, um die mit altem Blut verschmierten Fesseln um die Knöchel zu legen. In der Mitte des Käfigs liegt ein fest betonierter Metallring, an dem er die Kette befestigt. Dann erst, schneidet er den Rest des Paketes auf, um es zu begutachten. Es sieht gut aus, hat die richtigen Maße und eine schöne helle Haut.

Es öffnet die Augen und starrt ihn erschrocken an, windet sich mit auf dem Rücken fixierten Händen, über den schmutzigen Boden. Es kann nicht weg, es kann auch nicht schreien, es hat nie eine Stimme, da der Mund immer abgeklebt ist.

Bevor er den Käfig hinter sich schließt, sieht er es an und verliert sich für einen Augenblick in den hellblauen Augen. Das tut er normalerweise nie, niemals sieht er es an.

Diesen Fehler bezahlt er mit sofortiger Wirkung, sein Kopf schmerzt, die Stimme in seinem inneren wird lauter, schreit nach seinem Namen. Er will sich aber nicht an seinen Namen erinnern, will seine Persönlichkeit nicht mehr an die Oberfläche lassen. Solange er namenlos ist, ist er auch das Tier das in ihm wohnt.

Er läuft zum Schrank, reißt die Klappe auf und schluckt mehrere seiner Psychopharmaka. Es dauert ein bisschen bis sie wirken, ruhig atmet er ein und aus. Er wartet auf das betäubende Gefühl, der Schweiß tropft ihm dabei von der Stirn.

Es dauert wohl zwanzig Minuten, in denen er schwankend am Tisch steht, bis er sich wieder in der Lage fühlt zu gehen. Er nimmt seine alte gummierte Schürze vom Hacken und betritt den angrenzenden Ruheraum.

Er hat ihn so genannt, weil alles hier ruht, weil es hier endet, weil die Stille hier unwiderruflich ist.

Ein anderes liegt schon seit zwei Tagen ausgeweidet auf der alten Stanzplatte, die er zum Tisch umgebaut hat. Mit einer leichten Neigung und einem Loch am unteren Ende um das wertvolle Blut aufzufangen. Er muss es lebendig aufschneiden, sonst fließt es nicht. Nach zwei Tagen ist der richtige Zeitpunkt, die Haut zu lösen. Sie ist weich und blau blutig verfärbt. Die Farben verlaufen wunderschön in marmoriertem Muster über die weiße Haut. Erst nach der Gerbung und dem Bleichen, verschiedener chemischer Prozesse, entsteht das herrliche Muster auf den Hautlappen, die er so dringend braucht.

Im Nebenraum windet es sich auf dem Boden, es versucht vergebens aufzustehen. Panisch schluchzt es, bemüht sich nicht zu erbrechen. Es ist hilflos, nackt, gefesselt an dem kalten Boden und weint lautlos. Es hört kaum wahr zu nehmende Geräusche aus dem Ruheraum, die es nicht einordnen kann.

Durch die Weihnachtslichterkette ist der Raum nicht dunkel, es erkennt den dreckigen Küchenschrank, das Terrarium. Es hat Panik, das Adrenalin in den Adern lässt jeglichen Schmerz vergessen. Es weiß nicht warum es hier ist und was noch geschieht. Es reibt die Hände aneinander, versucht sich aus dem Klebeband zu befreien. Nass geschwitzt vor Angst, fragt es sich, ob irgendjemand nach ihr suchen wird.

Mandy findet, dass sie es Tjark schuldig ist, mit allen Mitteln zu helfen. Nach Feierabend nimmt sie das Foto des Profils, steckt es in ihre kleine schwarze Handtasche und stöckelt zu ihrem Wagen. Sie wohnt zwar auch in Sneek, überlegt sich aber das so ein kleiner Ausflug nach Amsterdam keine große Sache ist. Falls sie die Aussicht findet, kann sie danach auch noch ein bisschen in Amsterdam shoppen gehen. Während der Fahrt denkt sie die ganze Zeit über Tjark nach. Sie ist heimlich in ihm verliebt, sie weiß aber auch, dass sie keine Chance bei Ihm hat. Er benimmt sich seit Jahren depressiv, hält sich von allen Partys oder privaten Veranstaltungen der Kollegen fern. Mandy glaubt, dass er den Tod seiner Frau niemals überwinden wird. Es stimmt sie traurig, denn sie weiß, dass er ein für immer unerreichbarer Mensch für sie sein wird. Dennoch möchte sie ihm helfen, in der Hoffnung ein wenig Aufmerksamkeit von ihm zu bekommen. Aber auch, weil sie Luca gut kennt. Tjark hat sie einige Male mit zur Wache genommen, bevor er sie verloren hat. Sie war ein fröhliches aufgewecktes Kind, das jeder auf der Wache mochte, Mandy hat oft beobachtet, dass Luca um die Aufmerksamkeit ihres Vaters bettelte. Aber er hat es nicht bemerkt, er hat sie so dermaßen in seine Arbeit gestürzt, dass er die kleine vergessen hat. Mandy glaubt, dass Tjark ein herzensguter Mensch ist, dass er seine Tochter aufrichtig liebt. Er war einfach nur total überfordert und konnte mit dem Tod Addas einfach nicht umgehen.

Ohne es groß zu bemerken, hat Mandy auch schon Ihr Ziel erreicht. Es fiel ihr sehr leicht die Schleuse zu finden, ist ja alles super ausgeschildert. Sie parkt ihren Wagen irgendwo zwischen all den Lagerhallen auf einen großen leeren Parkplatz. Da es nach siebzehn Uhr ist haben wahrscheinlich alle Mitarbeiter dieser Firma bereits Feierabend und sind nach Hause.

Gedankenlos zieht sie Ihre Lippen im Rückspiegel nach und steigt aus ihrem Wagen aus. Es ist heute kälter als sie gedacht hat, der frische Wind pfeift durch ihre dünne Seidenstrumpfhose und lässt sie frösteln. Das ist ihr die Sache aber wert, ein bisschen Kälte kann sie nicht abschrecken. Der Wind erschwert es eine Zigarette anzuzünden und sie muss der Flamme mit einer Hand Windschutz bieten. Mit glimmender Glut steuert sie das Ufer an, an dem sie die Aussicht des Fotos vermutet. Natürlich hätte sie Tjark und Phillip über ihr Vorhaben informieren können, aber was sie in ihrer Freizeit macht, geht gar keinen etwas an. Und so ein paar Lorbeeren, für extra Informationen, werden ihr auch guttun. Sie hat es satt immer nur als die sexy blonde Sekretärin angesehen zu werden, die nichts weiterkann als Kaffee kochen.

Mit dem Foto in der Hand spaziert sie gemütlich den betonierten Weg am Ufer des Kanales entlang. Es ist still hier, es scheint als ob in keiner Fabrik mehr gearbeitet werden würde. Mehrere Enten schwimmen im Sonnenuntergang auf dem Wasser und schnattern fröhlich vor sich hin. Mandy bleibt einen Moment stehen, um die niedlichen kleinen Küken zu beobachten.

Wie bei einer Fotokamera nimmt die verschwommene Kulisse im Hintergrund so langsam Schärfe an. Es dauert einen Augenblick, bis

Mandy wahrnimmt, was sie da gerade sieht. Mit zitternden Händen hält sie das Foto in ihrer Hand, zum Vergleich. Das ist fast der Punkt von dem es aufgenommen wurde. Sie ist sich sicher, dass sie genau am richtigen Platz steht. Während sie sich umdreht, schaut sie nach oben, denn es scheint von einer oberen Etage aus aufgenommen worden zu sein. Hinter ihr steht eine völlig verrottete, alte Spitzdach Halle. Im Giebel gibt es die Reste eines kleinen verkommenen Fensters, von wo aus das Foto aufgenommen worden sein könnte. Mandys Blick richtet sich zu den großen hell grauen Toren und läuft direkt auf sie zu. Sie will einfach nur gucken ob sie hier irgendetwas sehen kann, vielleicht findet sie ja einen Hinweis, der weiterhilft. Es scheint zwar, als wäre diese Fabrik oder was auch immer das jemals gewesen ist, verlassen. Aber man weiß ja nie, vielleicht ist ja doch irgendjemand hier oder es gibt irgendwelche hinweise.

Der Maschendrahtzaun der das Grundstück abgrenzt weißt riesige Löcher auf, die es ihr leicht machen hindurch zu gehen. Dabei ratscht sie mit dem Bein über den zerschnittenen Draht, ihre Strumpfhose zerreißt und sie zieht sich eine kleine Wunde zu, die sofort blutet. Aufgeregt kramt sie in ihrer Handtasche nach einem Taschentuch und drückt es auf die kleine Wunde. Mandy ist nicht zimperlich, lässt das blutige Taschentuch nach kurzer Zeit einfach fallen und setzt ihren Weg fort. Sie ist zu neugierig, als dass sie jetzt aufgeben würde. Es gibt kein Zurück, Mandy beeilt sich bevor es zu spät wird.

Die Sonne ist schon fast untergegangen, taucht die schäbige Halle in einen hellen freundlichen goldgelben Ton. Eine der drei großen Tore steht so weit offen, dass sie einfach hereinspaziert.

Die Halle steht voller großer Maschinen die sie nicht einordnen kann. Jegliche Fenster der Halle sind zertrümmert. Weshalb der Wind durch die ungemütliche kalte Halle weht. Überall liegt Schmutz und Laub. Überwältigt von dem Anblick der sich Ihr hier bietet, geht sie einige Schritte weiter in die Halle hinein, um sich einen besseren Eindruck zu verschaffen. Der Dreck unter ihren Stöckelschuhen knirscht ätzend und laut. Es riecht hier stark nach alten Maschinen und Rost. Auf der rechten Seite der Halle führt eine Metalltreppe nach oben zu einem kleinen Raum, der wahrscheinlich früher ein Büro gewesen sein muss. Der Raum dort oben hat eine noch intakte Fensterfront zum inneren der Halle, die sie von hier aus gut sehen kann. Mandy fühlt sich hier plötzlich nicht mehr wohl, es ist dunkel und unheimlich geworden. Dennoch nimmt sie ihren ganzen Mut zusammen und besteigt die alte Metalltreppe. Sie will einfach wissen, ob das Foto von dort oben gemacht wurde oder nicht. Nach zwei Stufen bleibt sie mit ihrem Schuhabsatz in dem Gitter der Metalltreppe hängen. Sie muss sich bücken und den Schuh auszuziehen. Er steckt so fest, dass sie sehr feste daran rüttelt, aber er ist einfach nicht zu lösen.

Plötzlich hört sie ein Geräusch, sie hält die Luft an und horcht in die Dunkelheit der weiten Halle hinein. Langsame Schritte sind mehr als deutlich zu hören, der Schmutz knackt unter den Sohlen. Sie kommen aus den Tiefen, von dem anderen Ende der Halle.

Es stockt ihr der Atem, sie traut sich kaum Luft zu holen. Ihr Herz rast, sie fragt sich was ihr eigentlich eingefallen ist hier einzutreten. Der Mörder könnte theoretisch hier sein und sie wäre ihm ausgeliefert. Niemand würde sie hier hören, egal wie sehr sie auch schreien würde.

Schnell nimmt sie ihr Handy aus der Tasche, tippt mit zitternden Händen die 110 ein und stellt auf Lautsprecher. Zieht ihren anderen Schuh aus und lässt ihn achtlos liegen, während sie losläuft.

„Polizei Amsterdam, Meyer, was kann ich für sie tun?"

Mandy dreht sich immer wieder um, während sie das Grundstück überquert und sich barfuß durch den Zaun drängt. Nervös blickt sie alle zwei Schritte zurück, kann aber niemanden sehen. Nach wenigen Minuten beruhigt sie sich und ist davon überzeugt, dass niemand sie verfolgt. Sie fragt sich mittlerweile auch, ob sie sich die Schritte vielleicht nur eingebildet hat.

„Ja Marlene Meyer hier, ich habe da mal eine Frage, ich habe hier irgendwo geparkt und kann mein Auto nicht mehr finden. Können sie mir dabei helfen meinen Wagen ausfindig zu machen?"

Mandy sagt mit Absicht nicht ihren richtigen Namen, sie will sich nicht bloßstellen und hier um Hilfe schreien. Sie dürfte eigentlich auch nicht hier sein. Was würde es für ein Gelächter geben, wie lange würde man sie in der Wache damit aufziehen, dass sie die Polizei rief, weil sie ein paar Schritte gehört hat. Sie wollte einfach nur so schnell wie möglich zu ihrem Wagen.

„Sie sind hier beim Polizeinotruf! Wir können ihnen leider bei der Suche ihres PKW nicht behilflich sein, es sei denn sie möchten ihren Wagen jetzt als gestohlen melden."

Mandy hat ihren Wagen erreicht und schließt auf, so wie sie drin sitzt drückt sie den Knopf von innen und startet den Wagen.

„Nein, nicht nötig, ich habe ihn gerade gefunden, bin schon im Wagen, vielen Dank."

„Auf Wiederhören!"

Mandy ist erleichtert, dass sie es zurück in ihren Wagen geschafft hat, sie hatte richtige Angst. Zumindest weiß sie jetzt von wo aus das Foto gemacht wurde. Schmunzelnd über ihr eigenes Benehmen, zündet sie sich eine Zigarette an und schaltet das Radio ein. Die Sonne ist bereits untergegangen und es ist stockdunkel in diesem Gewerbegebiet. Sie erinnert sich aber, dass nur ein Weg hier herausführte, der über einen Bahnübergang lief. An einer einsamen Kreuzung mitten im Industriegebiet hält sie bei Rot an und fragt sich ob das echt Schritte waren, die sie in der Halle gehört hatte. Überlegt einen kleinen Augenblick zurück zu fahren um ihre Schuhe zu holen, aber das war ihr da wirklich zu gruselig. Schmunzelnd über ihre kindliche Angst und darüber wie sie geflohen ist, tippt sie die Asche ihrer Zigarette in den Aschenbecher und stellt sich vor, wie Tjark wohl reagiert hätte. Im Augenwinkel nimmt sie das Grün der Ampel wahr und sieht auf.

Zwei eiskalte weißblaue Augen starren sie durch ihren Rückspiegel an, die ihr das Blut in den Adern gefrieren lässt. Mandy schreit nicht und sagt nichts, sitzt einfach nur stocksteif da. Wartet mit der qualmenden Zigarette in der Hand, auf den sicheren Tod.

So schnell, wie er das Jagdmesser durch ihre Kehle zieht, fällt auch ihre Zigarette zu Boden. Ihr Fuß rutscht von der Kupplung, der Wagen springt mit einem kleinen Rumps nach vorne und geht aus.

Tjark sitzt seit anderthalb Stunden in seinem Café und denkt nach. Er trinkt einen Kaffee nach dem anderen, verliert sich immer wieder zwischen dem Fall des Serienmörders und an Erinnerungen aus seiner Ehe. Er lässt Gedanken zu, die er bis jetzt immer mit hochprozentigem Alkohol verdrängt hat. Er hat sich fest vorgenommen nicht mehr zu saufen, wenn nur alles wieder gut wird. Durch den Verlust seiner Frau hat er den Glauben an Gott verloren, hat seitdem nie wieder gebetet. Ihn in seinem Suff jedes Mal verspottet und beleidigt.

Letzte Nacht war das anders, er kniete die ganze Nacht vor seinem Bett und betete.

Um Vergebung und dass Luca noch lebt.

Die Not in der er sich befindet, lässt ihn alle von ihm gesteckten Grenzen überschreiten. Er fühlt sich schuldig für ihr Verschwinden, weil er einfach nicht für sie da war. Weiter ist er davon überzeugt, dass es Gottesstrafe ist, dafür, dass er ihn so viele Jahre verspottet und beschimpft hat. Er weiß nicht ob beten und um Gnade winseln jetzt noch hilft, aber in ihm ist der Gläubige erwacht, der er einmal gewesen ist. Er muss einfach alle Register ziehen.

Tjark hat sämtliche Unterlagen dabei, hier in seiner Ecke ist er völlig ungestört, niemand kann ihm über die Schulter sehen. Britta gießt ihm ständig Kaffee nach, er fragt sich ob sie ihn beobachtet. Für einen Augenblick, einen ersten Augenblick betrachtet er sie mit anderen Augen. Sie ist immer still, spricht kaum mit ihm. Im Umgang mit ihren Kolleginnen geht sie aber viel fröhlicher um. Tjark vermutet, dass Britta ihn nicht mag. Ist ja auch kein Wunder so wie er immer aussieht. Seine viel zu langen Haare, der ständige drei Tage Bart und sein alter Mantel lassen ihn wie einen Penner aussehen. Ohne zu fragen, bedient er sich die ganze Zeit über an der alten Keksdose. Britta steht wortlos neben ihm um nachzuschenken.

„Hallo." Hört Tjark sich sagen.

Brittas Gesichtsausdruck spricht Bände, sie ist mehr als überrascht, von ihm angesprochen zu werden.

„Hallo, kann ich ihnen etwas bringen?"

Tjark hat sich überhaupt nicht überlegt was er eigentlich sagen will, hat einfach nur aus einem Affekt heraus etwas zu ihr gesagt.

„Ehm, nein, ich wollte nur fragen, woher sie diese herrlichen Kekse haben."

Britta sieht die alte Keksdose an und lächelt.

„Die backe ich selber, die Dose ist schon sehr alt, die hat früher bei uns zu Hause im Wohnzimmer gestanden."

Gebannt versinkt er in ihren wunderschönen blauen Augen, ihrem bildhübschen Gesicht und den sinnlichen Lippen.

„Ähm, ach so, ich wollte mir die für zu Hause kaufen, damit ich hier nicht immer alle wegesse."

„Das macht nichts, essen Sie immer so viel Sie möchten, ich kann ihnen auch einen Vorrat für zu Hause mitgeben."

„Ja, das wäre nett."

Britta dreht sich mit hoch rotem Kopf um und geht in die Küche. Er starrt vor lauter Verlegenheit die alte Keksdose an, die früher bei Britta zu Hause gestanden hat. Zum ersten Mal überhaupt schenkt er dem alten Blechteil Aufmerksamkeit. Auf dem Deckel ist ein Pferdegespann eingestanzt, das Ganze ist zweidimensional. Der Deckel ist reichlich verziert, in jeder Ecke befindet sich eine dicke hoch aufliegende Lilie.

Tjark überkommt ein Schauer, das passiert immer, wenn er eine Spur hat oder er etwas vermutet. Oft ist er einfach seinem Instinkt gefolgt und immer damit gut gefahren.

Diese Blüten lassen ihn nicht los, er kramt das Foto von van Dijk heraus. Welches er am PC bearbeitet hat, auf dem man die Abdrücke, auf den Schulterblättern des vierten Opfers sehen kann. Nervös hält er das Foto neben den Deckel und ist sich sicher.

Es sind die gleichen Blüten.

Er legt den Deckel zur Seite und dreht die alte Dose um ihre eigene Achse. Die Farbe ist schon ziemlich abgewetzt vom jahrelangem Gebrauch. Das was er sucht ist aber noch zu lesen. Da steht in grüner verschnörkelter Schrift, die Firma und Adresse der alten Keksfabrik.

„Lohfers Gebäck

Nobellan 185

1320 Almere Stad"

Schnell klappt er seinen Laptop auf und gibt: Lohfers Gebäck, Almere Stad ein.

Es gibt einen Eintrag, den er anklickt, er überfliegt die Seite, liest, dass es ein Familienbetrieb war der 1978 bereits geschlossen wurde.

Schnell packt er seine Sachen zusammen, nimmt noch einen Schluck Kaffee, als Britta mit einer kleinen braunen Papiertüte auftaucht.

„Ich muss weg, es ist dringend, ich komme morgen wieder ok?"

„Nehmen sie diese mit."

Britta drückt ihm die Tüte mit den Keksen in die Hand und verschwindet wieder in der Küche.

Nachdem er auch die braune Papiertüte in seiner Tasche verstaut hat, ruft er Phillip an, während er das Café verlässt.

„Ja?"

„Wo bist du? Ich habe eine Spur."

„Bin auf der Wache, hol mich hier ab."

„Ja warte vor der Tür." Sie legen auf.

Nach wenigen Minuten fährt Tjark seinen Wagen vor die Polizeiwache, Phillip steigt ein und sie fahren auch schon weiter.

„Wo fahren wir hin?"

„Die Abdrücke auf den Schulterblättern, ich glaube das die Frau auf Keksdosenblech oder Walzen mit passendem Stanzmustern gelegen hat. Sie stand die ganze Zeit vor meiner Nase, aber ich habe sie erst beachtet als Britta mir erzählt hat, dass sie von zu Hause ist."

„Was? Jetzt mal langsam zum Mitschreiben, ich verstehe nicht."

„Der Abdruck auf der Leiche ist mit den Lilien auf der Keksdose Identisch. Hol mein Laptop aus der Tasche und sieh mal nach, was du über diese Familie herausfinden kannst. Und gib erst die Adresse: Nobellan 185, im Navi ein."

Phillip macht kommentarlos was Tjark ihm aufträgt und konzentriert sich.

Tjark folgt der freundlichen weiblichen Stimme des Navis, er fährt so schnell, wie es der Verkehr zulässt.

„Wir sind gleich da, was hast du herausgefunden."

„Nicht viel, es war ein Familienbetrieb, 1978 wurde der Familienbetrieb ganz plötzlich geschlossen. Die Eheleute Lohfers sind damals spurlos verschwunden. Eine Hundertschaft hat damals das ganze Gebiet durchkämmt. Ich habe ihre Namen bei uns im System eingegeben, sie wurden bis heute nicht gefunden. Sie haben damals einen geistig behinderten Sohn hinterlassen, der alles geerbt hat. Er war zu dem Zeitpunkt siebzehn, wurde durch die Caritas bis zu seinem fünfundzwanzigsten Lebensjahr betreut und lebt seitdem allein in der alten Fabrik.

Sie haben ihr Ziel erreicht.

Tjark steht mit seinem PKW vor einem alten kleinen Fabrikgebäude aus roten Ziegelsteinen. Die Fensterrahmen sind neu und aus Kunststoff, von innen strahlt ein ziemlich grelles Licht durch die Fenster. Der Vorgarten ist verwildert und sieht chaotisch aus, überall stehen gestapelte leere Farbeimer. Beide verlassen zeitgleich den Wagen, entsichern ihre Waffen die sie in dem Schulterhalter getragen haben. Sie schleichen sich durch den Garten und versuchen etwas durch die Fenster zu sehen.

Die große alte Produktionshalle ist so gut beleuchtet, das Tjark eine alte Maschine erkennen kann. Über andere Gegenstände hängen weiße Lacken, die irgendwelche Geräte zu verstecken scheinen. Rostige alte Ketten hängen von der Decke, liegen teilweise halb auf den verstaubten Lacken.

Eine kleine Kopfbewegung von Tjark reicht aus, um Phillip klar zu machen, dass sie sich aufteilen müssen. Sofort geht Phillip rechts und Tjark links um das Gebäude herum. Phillip ist total aufgeregt, er hat seine Waffe noch nie entsichert, geschweige denn abgefeuert. Eigentlich ist er hier, um Tathergänge und Tatorte zu rekonstruieren, um ein Täterprofil zu erstellen, was den Polizisten hier die Suche nach diesem Verrückten erleichtern soll. Er ist noch nie um irgendein Haus geschlichen, um einen eventuellen Mörder bei der Arbeit zu überraschen. Sein Puls schlägt deutlich schneller als normal, seine Atmung ist so laut, dass selbst ein Tauber sie hören könnte. Verzweifelt versucht er sich in den Griff zu bekommen, bleibt stehen und lehnt sich an die feuchte Außenwand. Sein feiner Anzug ratscht am Rücken über den groben roten Ziegel. Aber es gibt jetzt kein zurück, er ist in dieses verdammte Auto eigestiegen, weil er Tjark unterstützen möchte. Es geht um Tjarks Tochter und es könnte auch seine eigene sein. Phillip weiß, dass die Natur ihm einen Streich spielt, er weiß, dass er emotional völlig überreagiert. Schließlich ist Luca eine Fremde, dennoch berührt ihn die Situation so sehr, dass er seine

Grenze überschreiten will. Er läuft weiter die Wand entlang, in der Hoffnung das Tjark nicht schon in Not ist. Am Ende des Gebäudes sieht er vorsichtig um die Ecke, Tjark steht vor einer Tür, die nur angelehnt ist. Er lugt durch den Türspalt und winkt Phillip dabei zu sich, ohne ihn dabei anzusehen.

So wie Phillip neben ihm steht, öffnet Tjark vorsichtig die Tür, seine Dienstwaffe voraus haltend. Phillips Nerven sind zum Zerreißen angespannt, er versucht sich auf das was er gelernt hat zu konzentrieren. Ruft seine Ausbildung in Erinnerung, aber er weiß vor lauter Nervosität kaum, wie er sich zu verhalten hat. Sehr laute Opernmusik schallt durch die große Halle, welche es Phillip zusätzlich erschwert sich zu konzentrieren. Ihm läuft der Schweiß über die Stirn. Er hat große Angst, was Tjark ihm ansieht.

Aber darauf kann er jetzt keine Rücksicht nehmen. Sie schleichen an den weißen Laken vorbei, vorsichtig in die Richtung, aus der die laute Musik kommt. Am anderen Ende der Halle ist eine riesengroße weiße Leinwand aufgebaut, vor der ein Mann mit langen blonden Haaren steht. Er ist komplett in weiß gekleidet und schwingt etwas Rotes vor sich her. Tjark geht schnellen Schrittes auf ihn zu und schreit immer wieder STOP, währen Phillip auf die Musikanlage zusteuert. Er stellt sie aus, ohne auch nur den Blick und die Waffe von dem Verdächtigen zu nehmen. Erst als die Musik erlischt, hören alle den lauten Schrei Tjarks, der den Verdächtigen in Sekundenschnelle erschrecken lässt. Er trägt eine Gasmaske, durch die seine Atmung laut und deutlich zu hören ist, seine Kleidung ist rot besudelt. Es gibt einen kleinen Moment der Stille, in der selbst die Zeit stehen geblieben zu sein scheint. Phillip traut sich kaum zu atmen vor Angst, der verdächtige verharrt in seiner Bewegung.

„Nehmen Sie sofort die Maske ab." Schreit Tjark, während dem Verdächtigen die rote Farbe von dem breiten Pinsel auf den Boden läuft.

Zuerst traut Phillip seinen Augen nicht, bis er realisiert das der Mann in dem weißen Maleranzug nur mit roter Farbe übersät ist.

Als er die Maske vom Gesicht zieht erscheint ein junges, ausdrucksloses Gesicht.

Tjark nimmt die Waffe herunter, sichert sie, steckt sie in seinen Halfter und holt seine Dienstmarke zum Vorschein.

„Tjark de Fries, Kommissar aus Sneek." Er zeigt auf seinen Partner.

„Das ist Phillip von Heinitz, mein Kollege. Nehmen Sie die Hände herunter verdammt nochmal! Wie heißen Sie und was machen Sie hier?"

„Ich arbeite hier."

Der Künstler im weißen Maleranzug, macht keine Anstalten weiter zu sprechen.

„Wie heißen Sie?" fragt Tjark energisch.

„Michael van Jaar."

„Was machen Sie hier?"

„Ich arbeite."

„Seit wann?"

Van Jaar zögert kurz, bevor er antwortet.

„Ich glaube seit ca. sieben Jahren?"

Phillip kann noch nicht einschätzen, wieso der junge Mann so wortkarg ist und keine körperliche Reaktion zeigt.

„Wir suchen jemanden, wer ist denn ihr Vermieter?"

„Garten- und Landschaftsbau Lohfers, den Inhaber kenn ich nicht. Ich überweise immer direkt an diese Firma."

„Sie müssen ja mit jemanden gesprochen haben, einen Vertrag unterschrieben haben oder irgendeinen persönlichen Kontakt gehabt haben."

„Nein, wenn ich mich recht erinnere, habe ich nur mit dem Vermieter telefoniert, auch nur zwei Mal insgesamt. Der Vertrag wurde mir per Post zugeschickt. Ich habe nie jemanden gesehen. Als ich hier vorletztes Jahr diesen Rohrbruch hatte, habe ich da angerufen. Nach drei Tagen erst jemanden erreicht. Dann ist eine Firma gekommen und hat den Schaden behoben. Den Vermieter habe ich noch nie persönlich gesehen."

Die Enttäuschung ist Tjark ins Gesicht geschrieben. Als Phillip sich wieder gefangen hat und auf Michael van Jaar zugeht.

„Welchen Eindruck hatten Sie von seiner Stimme? War sie alt? Jung? Hatte sie einen Akzent?"

Michael van Jaar überlegt kurz, bevor er antwortet.

„Ich glaube nicht so jung, aber auch nicht alt, eine auffallend helle Stimme für einen Mann."

„Bitte kommen Sie mit zur Wache, dort kann ich ihnen detailliertere Fragen stellen, wir ermitteln wegen Mordes. Wenn Sie so freundlich wären, es ist sehr wichtig für uns."

Der Künstler überlegt einen Augenblick, legt seinen Quast auf den Tisch, nimmt die Maske von der Stirn und legt sie daneben. Er streift ohne ein Wort zu sagen, seinen weißen Maleranzug herunter und stapft wie ein kleines Kind mit den Füßen heraus.

„Gehen wir."

Phillips erster Eindruck ist, dass dieser Mann ein wenig geistig verwirrt ist. Irgendwas stimmt nicht mit ihm, aber vielleicht ist das ja von Vorteil als Künstlern. Sie verlassen zu dritt die kleine Halle, die Herr van Jaar nicht abschließt.

„Wollen sie nicht abschließen?" will Phillip wissen.

„Es wird niemand kommen und etwas stehlen." Stillschweigend laufen sie hintereinander an der Mauer entlang nach vorne.

Bevor sie in den Wagen einsteigen, wählt Tjark Mandys Handynummer. Er macht sich sehr große Sorgen, weil sie immer noch nicht zu erreichen ist.

Sie steigen alle drei in Tjarks privaten PKW und fahren zur Wache.

Phillip schweigt, er möchte van Jaar gegenübersitzen, wenn er ihm seine Fragen stellt, die er die ganze Autofahrt über, in seinen Gedanken vorbereitet.

Sie winken van Jaar einfach durch die Schwingtür an der Rezeption. Selbstverständlich geleitet Phillip, Michael van Jaar zu seinem

Schreibtisch, an dem er mit ihm die Aussage schriftlich aufnehmen möchte.

Bevor sie sich setzen holt Phillip zwei Tassen Kaffee, damit Michael sich in seiner Gegenwart wohl fühlt und ihn als Freund betrachtet.

Phillip stellt seinen PC an und loggt sich ein.

„So, Herr van Jaar wie geht es Ihnen denn? Ich hoffe Sie haben sich von dem kleinen Überraschungsbesuch erholt, es war nicht unsere Absicht Sie zu erschrecken."

„Ist schon in Ordnung, ich kann das verstehen."

Phillip nimmt zuerst alle persönlichen Daten auf und lässt sich Michaels Ausweis zeigen.

„Erzählen Sie doch mal, wie sind Sie denn auf den Vermieter aufmerksam geworden?"

„Die Halle stand ganz normal in irgendeiner Zeitung. Ich habe dann angerufen und der Vermieter sagte, ich sollte zur Halle fahren und sie mir alleine ansehen. Der Hintereingang wäre offen und ich sollte mich da ruhig frei bewegen. Das war schon sehr merkwürdig. Der Mann am Telefon meinte auch, dass er mir alle nötigen Unterlagen und Schlüssel per Post zukommen lassen würde. Ich bin dann da hin und es war tatsächlich offen. Ich fand die Halle auf Anhieb ansprechend, sie ist geräumig und es ist eine Warmhalle, das war mir ganz wichtig. Verstehen Sie, wenn man den ganzen Tag dasteht und malt, das geht im Winter nicht wenn es zu kalt ist, außerdem würden meine Bilder einfrieren. Naja, ich fand das alles sehr unkompliziert und habe ihn dann wieder angerufen, um ihm zu sagen, dass ich die Halle nehmen würde. Er hat mir die Bankdaten am Telefon durchgegeben, ich habe einen Dauerauftrag eingerichtet und der Schlüssel lag dann am Tag des Einzuges auf der Türschwelle des Hintereinganges."

Phillip schreibt die ganze Zeit über, jedes Wort mit. Markiert größere Denkpausen mit einem Absatz.

„Seit wann mieten Sie die Halle?"

„Zirka sieben Jahre, ich bin da im Juni eingezogen."

„Was zahlen Sie warm?"

„Tausend Euro."

„Das ist viel, verdient man denn als Künstler so viel?"

„Ja ich verdiene sehr viel, aber ich wohne da ja auch und deswegen ist die Miete dann doch relativ günstig."

Phillip überlegt sich seinen nächsten Satz sehr gut bevor er ihn äußert.

„Wir suchen einen Serienmörder, der bereits vier Menschen auf dem Gewissen hat."

Michael van Jaar reagiert insofern, dass er Phillip fragend ansieht.

„Was fühlen Sie dabei?"

„Es tut mir leid."

Michaels Gesicht zeigt keine Anzeichen von Überraschung, Mitleid oder Unverständnis.

„Haben Sie eine Frau?"

„Nein."

„Freunde, Familie, gute Nachbarn?"

„Meine Eltern leben nicht hier, meine Nachbarn kenne ich nicht."

Phillip grinst Michael an, als hätte er einen Witz erzählt.

Michael schaut ihn aber weiterhin ausdruckslos an.

In dem Großraumbüro, in dem sie sitzen, geht es sehr laut zu. Michael hat sich bis jetzt noch nicht einmal von dem Gespräch mit Phillip ablenken lassen.

„Ich danke Ihnen, Herr van Jaar. Ich bin schon fertig mit meiner Befragung, würden sie mir Ihre Handy Nummer geben, falls mir noch eine wichtige Frage einfällt?"

Michael sagt seine Handynummer ohne zu zögern auf.

„Ach eine Frage habe ich doch noch, können sie mir vielleicht die Bankverbindung Ihres Vermieters nennen?"

Auch jetzt antwortet Michael flüssig, ohne nachzudenken. Er nennt die komplette Bankverbindung aus dem Gedächtnis heraus, die nach Sint Maarten führt.

„Sie haben es bemerkt, nicht wahr Herr von Heinitz?"

„Ja das habe ich."

Die beiden jungen Männer sehen sich einen Augenblick lang an, dann steht Michael auf.

„Ich gehe jetzt."

„Auf Wiedersehen Herr van Jaar."

Michael geht ohne ein Wort zu sagen, oder sich umzudrehen.

Tjark wird unterwegs zu seinem Schreibtisch von Björk aufgehalten.

„Hast du Mandy heute schon gesehen? Sie ist heute Morgen nicht zur Arbeit erschienen, hat auch nicht angerufen. Das ist ungewöhnlich für sie, hab einen Wagen vorbei geschickt. Aber ihr PKW steht nicht vor ihrer Haustür."

Erstaunt sieht Tjark seinen Vorgesetzten und guten alten Freund an, sein Magen verzieht sich und dass bedeutet nichts Gutes. Seitdem Mandy hier arbeitet, hat sie sich noch nie krankgemeldet. Geschweige denn sich nicht erklärt, warum sie denn heute nicht zur Arbeit kommt. Mandy ist mit ihrer Wache verheiratet, ist immer da, macht ständig Überstunden.

„Ich habe sie vor einer halben Stunde angerufen, ihre Mailbox sprang sofort an. Ihr Handy ist ausgeschaltet, ich habe sie zuletzt nach unserem Meeting gesehen. Sie sollte doch die Adressen ermitteln und herausfinden, von wo aus das Foto gemacht wurde."

„Versuch es weiter, vielleicht schaltet sie ihr Handy gleich mal an. Gibt es irgendetwas Neues? Wer war der Typ an Phillips Schreibtisch?"

Tjark holt seine Mappe heraus, zeigt Björk das Foto mit dem Blumenabdruck auf der Schulter. Erklärt ihm, wie er darauf gekommen ist und dass sie in der alten Fabrik waren, in der dieser Michael van Jaar gerade an einem Bild gearbeitet hat. Dass sie ihn mit entsicherten Waffen bedroht haben, erwähnt er besser nicht.

Björk hört aufmerksam zu, währen er sich das Foto und den Blechdeckel ansieht, den Tjark einfach mitgenommen hat.

„Ja das sieht sich schon sehr ähnlich, das könnte eine Spur sein." Murmelt Björk vor sich hin.

„Weißt du ob Fingerabdrücke in der Pathologie in Amsterdam gefunden wurden?"

Björk weiß es nicht, er dreht sich um und ruft laut nach Stevens.

Ein sehr kleiner Polizist, philippinischer Herkunft, steht ruck zuck vor Björk.

„Ja Boss?"

„Ich habe dir schon tausend Mal gesagt, du sollst mich nicht immer Boss nennen. Wir drehen hier keinen Hollywood streifen."

„Sorry Boss."

„Stevens, ich meine es ernst, das nervt mich total."

„Ja ist ja gut, was kann ich denn für dich tun?"

„Du musst nicht denken, dass ich dich nicht rausschmeißen kann, nur, weil du drei Monate vor der Rente stehst."

„Also was willst du, ich habe nicht den ganzen Tag Zeit."

Stevens ist einer seiner fleißigsten Mitarbeiter, trotzdem freut er sich das der Kleine bald in Rente geht, weil er immer so anstrengend ist.

„Mandy ist heute nicht zur Arbeit erschienen, kannst du mal auf ihrem Schreibtisch nachsehen, ob sie schon irgendwas herausgefunden hat? Gab es Fingerabdrücke in der Pathologie Amsterdam? Wem gehört diese gefälschte Unterschrift, vielleicht hat sie auch irgendetwas anderes notiert. Guck mal in Outlook, hat sie sich eigentlich zwischenzeitlich gemeldet?"

„Nein hat sie nicht, das macht mir ein bisschen sorgen." Sagt Stevens während er bereits unterwegs zu ihrem Schreibtisch ist.

Björk und Tjark starren Stevens in Gedanken hinterher.

„Wo mag sie nur sein?"

Tjark fragt sich einen Augenblick, wo Mandy wohl stecken könnte. Vielleicht hat sie einen Freund und ist da eingeschlafen, hat ihr Ladekabel vergessen oder hat einfach verschlafen.

Er schüttelt jeden weiteren Gedanken mit einem zweideutigen Lächeln ab und schaltet seinen PC ein.

Phillip kommt direkt von seinem Schreibtisch zu den beiden, kreidebleich im Gesicht.

„Björk."

So wie Phillip aussieht wissen beide Polizisten, dass etwas Schlimmes passiert sein muss.

„Gerade hat ein Wachmann der Firma Cole hier angerufen. Er hat einen unbefugt geparkten PKW mitten auf der Straße an einer kleinen Kreuzung bemerkt. Als er ihn sich näher ansehen wollte, sah er, dass der Wagen offenstand und im Innenraum Blutverschmiert ist. Der Wachmann wird gerade vor Ort von einem Polizisten betreut, er hat wohl einen Schock."

„Was soll das heißen, kommen sie auf den Punkt." Brüllt Björk, er ahnt schlimmes.

„Eine Streife ist direkt vorbeigefahren. Nachdem sie das Kennzeichen geprüft haben, war klar, dass es Mandys Auto ist."

Phillips stimme bricht bei den letzten Worten weg, er weiß was das für die beiden und die ganze Wache bedeutet. Jeder im Raum hat es gehört, alle Maschinen stehen still, niemand spricht oder wagt es weiter zu arbeiten.

Björks Herz zerreißt gerade in Stücke, er kann seine Trauer und seine Wut kaum unterdrücken.

Sein Gesicht wird immer roter, während er losbrüllt.

„Jetzt hört ihr mir mal alle zu, ihr Waschlappen."

Björk brüllt so sehr das er dabei spuckt.

„Wir werden jetzt alle das Gebiet durchkämmen in dem Ihr Wagen gefunden wurde. Alle kommen mit, jeder Streifenpolizist, Sachbearbeiter und Spurensucher. Ich will Mandy in der nächsten Stunde gefunden haben, ohne sie fährt heute niemand nach Hause und wenn es die ganze Nacht dauert."

Im gleichen Augenblick bricht Unruhe im Großraumbüro aus. Alle packen ihre Sachen weg, der große Waffenschrank wird geöffnet. Jede zur Verfügung stehende Waffe wird ausgegeben. Stevens steht bereits am Drucker und macht Farbkopien mit der Aussicht von dem Profilbild. Vor dem Polizeigebäude werden die Spürhunde aus ihren Zwingern geholt, persönliche Dinge von Mandys Schreibtisch werden Luftdicht eingepackt und mitgenommen. Phillip und Tjark sitzen als erstes im Wagen und fahren bereits los, gefolgt von einer Hundertschaft von Helfern.

Sie fahren mit Blaulicht, sind in weniger als einer halben Stunde vor Ort in Amsterdam. Die Polizeiwagen umzingeln das ganze Gebiet, sperren jede noch so kleine Straße in dem Industriegebiet ab. Alle mitgebrachten Gegenstände von Mandys Schreibtisch, wie einen Stoffteddy, ihr Mousepad und ein Glücksschwein aus Ton werden aus den luftdichten Tüten geholt und den Spürhunden unter die Nase gehalten.

Tjarks Nerven sind bis zum Zerreißen angespannt.

Jeder hält eine Kopie der Aussicht in der Hand, sie durchkämmen im Schnellschritt das Gelände. Kriminaltechniker der SpuSi (Spurensicherung), haben den PKW von Mandy großräumig abgesperrt. Sie suchen nach prozessgerechten, gegenständliche Beweismittel. Alle beschäftigen sich mit der Suche nach sichtbaren und zu sichtbar machenden Indizien. Der PKW wird nach Fingerabdrücken, Haaren und Schuhabdrücken abgesucht. Blutproben werden entnommen. Es wird rekonstruiert, wo der Täter wahrscheinlich gesessen hat. Jungs von der Spurensuche, nehmen Gipsabdrücke in den angrenzenden Sand zum Parkplatz.

Die Hunde haben angeschlagen und rennen los, gefolgt von deren Herrchen, Phillip, Björk und Tjark. Sie laufen in die Richtung der alten vergammelten Fabrik.

Der Polizist der am Ufer steht ruft, dass sie hier richtig sind, dass es die Aussicht ist.

Ein schwarzer Kurzhaar Hollandse Herdershond bleibt am Maschendrahtzaun stehen und schlägt an. Er hat das am Boden liegende, mit Blut beschmierte Papiertaschentuch gefunden.

Ein SpuSi nimmt es mit der Pinzette hoch, stopft es in ein kleines Tütchen und beschriftet es. Der Herdershond zerrt wild an der Leine und bellt unaufhörlich. Phillip zieht seine P30, zwängt sich durch das Loch im Zaun und läuft mit den anderen zur offenstehenden Halle. Die anderen Polizisten umzingeln das Gebäude, stürmen es von allen Seiten schwer bewaffnet, bereit jeden zu erschießen der Mandy wohlmöglich in seiner Gewalt hat. In der Halle läuft der Herdershond direkt rechts zur Treppe, wo Mandys rote Stöckelschuhe liegen. Tjark läuft an ihnen vorbei die Treppe hinauf in der Hoffnung Mandy dort oben lebend zu finden. Doch vergebens, sie ist nicht da.

Nach einigen Minuten wird klar, dass die Spur von hier wegführt. Fußabdrücke zeigen, dass Mandy Barfuß die Halle verlassen hat. Sie muss gerannt sein, das beweist die tiefe der Fußabdrücke im Sand, in der Nähe des Zaunes. Sie führen zurück in die Richtung ihres PKWs, der bereits inspiziert wurde.

Das ganze Industriegebiet wird mit den Spürhunden abgelaufen, sie schlagen nicht mehr an. Mitarbeiter der ansässigen Firmen dürfen Ihre Gebäude und das Gelände für spätere Befragungen nicht verlassen. Straßensperren werden errichtet, jeder PKW der durchgelassen wird, wird von den Hunden durchstöbert, bevor sie passieren können.

Björk und sein Team laufen zurück zu Mandys Wagen. Jegliche Beweise, sauber verpackt und beschriftet liegen auf einem Tisch. Beim Anblick Ihre eingetüteten roten Stöckelschuhe wird es Phillip ganz schlecht. Er will gar nicht in den Innenraum des PKW´S sehen, all das Blut wird ihn wahrscheinlich zu einem Kollaps führen.

„Was können Sie sagen?" fragt Björk einen der Kriminaltechniker der in einem weißen Ganz Körper Anzug am Tisch steht.

„Da wir hier vor Mandys Wagen stehen, können wir davon ausgehen, dass es ihr Blut im Auto ist. Was natürlich noch im Labor bestätigt werden muss. Ich kann den Tathergang anhand der Beweise und Fundorte, grob nachkonstruieren. Wahrscheinlich hat sie hier geparkt, ist zur Halle gelaufen, hat sich am Maschendraht Zaun verletzt. Sie hat die Blutung selber gestillt und das Taschentuch fallen lassen. Sie hat die Halle betreten, ist mit einem Absatz des roten Schuhs in der Treppe hängen geblieben. Da sie den zweiten Schuh auch ausgezogen und liegen gelassen hat, muss sie Angst bekommen haben. Die Fußabdrücke im Sand des Zauberreiches zeigen eindeutig, dass sie gerannt ist und vor irgendetwas oder wahrscheinlich jemandem weggelaufen ist. Dann hat sie sich in ihr Auto gesetzt und hat sich wahrscheinlich in Sicherheit gefühlt. Wir haben ihren abgebrochenen Lippenstift im Fuß Bereich des Beifahrers gefunden. Ich gehe davon aus, dass sie sich die Lippen geschminkt hat, als sie überrascht wurde. Bei der Menge des Blutes und dem Spritzmuster auf der Scheibe gehe ich davon aus, dass dem Opfer der Hals durchgeschnitten wurde. Wahrscheinlich wurde die rechte Hauptschlagader in Mitleidenschaft gezogen, da die Blutspritzer bis an die Scheibe des Beifahrers zu sehen sind. Der Täter hat sich wahrscheinlich auf der Rückbank versteckt und sie von hinten mit einem Messer überrascht. Ich schließe jede andere Waffe wie Pistole oder stumpfe Gegenstände aus. Wir haben mehrere Fingerabdrücke und diverse blonde Haare im Wagen gefunden. Der PKW wird gleich zum Abtransport in das Institut fertiggemacht, wo wir ihn dann noch einmal gründlich unter die Lupe nehmen werden. Dann ist der Täter auf der linken Seite ausgestiegen und hat die Tür wieder geschlossen.

Dieses können wir an Hand der Wischrichtung sehen, die er dabei auf dem Boden verursacht hat. Denn er hat Mandy auf der Fahrerseite aus dem Wagen gezogen und für einen Moment liegen lassen. Das können wir an Hand der Blutmenge erkennen, die sie hier direkt neben dem Wagen verloren hat. Es führen blutige Schuhabdrücke weg von der Leiche, wahrscheinlich hat er seinen Wagen geholt. Sie wurde dann über den Boden zu dem Bus gezogen und eingeladen."

Der Kriminaltechniker ist so sehr mit seinem Job beschäftigt, dass er dabei vergisst, dass es sich hier um eine persönliche Bekannte der Anwesenden handelt. Gefühlskalt fährt er fort ohne dabei auch nur einen Hauch von Bedauern zu zeigen.

Er geht ein kleines Stück weiter und zeigt auf einen kleinen Blutfleck der mit einer Nummer versehen ist.

„Hier hat der Täter eine Reifenspur hinterlassen, der Abdruck hat uns ausgereicht um festzustellen, dass er einen Bus gefahren ist. Da der zweite hintere Reifen mit einem beachtlichen Abstand, über den Abdruck des zweiten Reifen gefahren ist."

Alle Anwesenden haben aufmerksam zugehört, schwelgen in Erinnerungen an Mandy. Einige haben stillschweigend ein paar Tränen vergossen, andere sind einfach nur fassungslos.

So wie Tjark der das alles nicht glauben kann, es passiert zu viel auf einmal. Er verfällt in eine Art Starre, die gleiche Starre in die er damals gefallen ist, als Adda starb. Es fällt ihm nicht schwer knallhart und gefühlslos zu wirken, zu viele Jahre trägt er diese Maske bereits. Insgeheim schwört er sich diese Bestie zur Strecke zu bringen und wenn es sein Leben kosten wird. Jede Information saugt er auf, wie ein trockener Schwamm, er hat nur noch dieses eine Ziel.

Ihn finden.

„Jungs räumt hier auf, bringt den Wagen und alle Beweise in das Institut. Ich will alle Informationen in einer Stunde auf meinem Tisch haben." Björks Stimme klingt kalt und trocken.

„Tjark, Phillip in mein Büro bitte."

Björk steigt ohne eine Antwort abzuwarten in seinen PKW und fährt los. Alle erledigen ihre Aufgaben so schnell wie möglich und finden sich bei der Wache ein.

Phillip steigt bei Tjark in den Wagen, ohne ein Wort zu sprechen, fahren sie los.

Tjark hat einen Schalter in seinem Kopf umgelegt der jegliche Gefühle abstellt. Er grübelt bis zur Wache vor sich hin, setzt alle Details in seinem Kopf zusammen die er hat.

Im Großraumbüro angekommen packen Phillip und Tjark ihre Unterlagen zusammen und begeben sich in Björks Büro.

„Wir müssen dieses Schwein packen, egal was es kostet." Björk wirkt alt, gebrochen und verzweifelt.

„Ich habe mich mit Michael van Jaar ausführlich unterhalten, er ist nicht zu einer nonverbalen Kommunikation fähig. Er weist ein eingeschränktes soziales Interaktionsverhalten auf, hat wahrscheinlich keinerlei zwanglose Beziehungen zu andere Menschen.

Er versteht auch nicht, das Aussenden eigener nonverbaler Signale.

Seine soziale Interaktion ist problematisch, da er nach außen hin keine offensichtlichen Anzeichen einer Behinderung hat. Es wirkt als würde er bewusst provozieren, obwohl dies nicht der Fall ist. Seine Fähigkeit zur kognitiven Empathie ist gar nicht oder nur schwach ausgeprägt, jedoch seine affektive Empathie sehr stark ausgeprägt. Michael kann sich schlecht in andere Menschen hineinversetzen und deren Stimmungen oder Gefühle an äußeren Anzeichen ablesen. Er hat sich in unserem kompletten Gespräch nicht einmal von Lärm ablenken lassen. Konnte meine Anspielungen gar nicht verstehen und meine Mimik auch nicht wiederspiegeln."

„Das reicht Phillip! Sprechen sie bitte in einer mir verständlichen Sprache mit mir, was haben sie herausgefunden."

Phillip wird klar, dass er gerade viel zu fachlich geworden ist und das Björk und wahrscheinlich auch Tjark kein Wort verstanden haben. Was nicht bedeutet das er glaubt das die beiden dumm sind, es ist einfach nur nicht ihr Fachgebiet.

„Entschuldigt, ich bin einfach sehr durcheinander, das nimmt mich alles sehr mit. Ich habe solche Sachen immer nur in der Theorie gemacht, das ist mein erster Fall und so nah dran zu sein ist…"

„Ist schon gut Phillip, fahren sie bitte fort."

„Er weist autistische Züge auf, das heißt er kann nicht Lügen. Er sagt, dass er den Vermieter noch nie gesehen hat und auch nicht weiß wie er heißt, ich glaube ihm."

„In Ordnung." Björk sieht Tjark fragend an.

„Was hast du für uns?"

„Nichts."

Tjark sieht traurig auf seine Hände, er hat sich noch nie so hilflos in einem Fall gesehen. Es scheint als würden sie auf der Stelle treten und dabei verschwinden ständig weiterhin Menschen.

„Ok, warten wir die Ergebnisse der SpuSi ab, vielleicht ist es ja doch nicht ihr Blut."

Bei den letzten Worten zittert Björks stimme, sie droht zu brechen.

„Macht euch an die Arbeit, geht jeder Spur nach, wir müssen Luca und Mandy finden."

Die ganze Wache ist im Moment mit dem Fall beschäftigt, es gibt kaum jemanden, der etwas Anderes macht. Phillip will noch einmal zurück zur alten Halle, um sich einen Eindruck von der gesamten Situation zu machen.

„Ich geh jetzt noch einmal die Vermisstenanzeigen durch. Ich muss wissen, zu wem die Asche in der Kartusche gehört. Dann will ich herausfinden, was mit dem Sohn ist."

„Welcher Sohn?"

„Der Sohn der Lohfers. Er hat nach dem Tod seiner Eltern, mit 17 Jahren ein Vermögen geerbt, trotzdem ist er wie vom Erdboden verschluckt. Ich finde einfach keine Einträge, er ist nicht Krankenversichert, zahlt keine Steuern, hat keinen Führerschein und ist auch nirgendwo postalisch gemeldet."

„Was ist mit dem Elternhaus, lebt er vielleicht dort?"

„Ich werde die Adresse herausfinden und persönlich hinfahren."

„Gut, haltet mich auf dem Laufenden."

Beide verlassen Björks Büro, konzentriert auf ihr Vorhaben, sprechen sie kein Wort. Phillip verlässt die Wache kurze Zeit später, während Tjark sich an seinen Schreibtisch setzt.

Zuerst loggt er sich im Polizeinetz ein, geht auf die Datei der neuesten Vermissten. Grenzt die Suche ein, dann erscheint ein älterer Mann, der aus einem Altenheim verschwunden ist. Tjark klickt weiter.

Stevens erscheint plötzlich vor seinem Tisch.

„Sieh mal, das habe ich auf ihrem Schreibtisch gefunden." Stevens Augen sind rot und geschwollen, es scheint ihm nichts auszumachen, dass alle sehen, dass er geweint hat.

Er reicht Tjark ein paar Blätter mit Randnotizen.

„Sie hat hier alle Adressen der ansässigen Firmen, Inhaber und Privatadressen aus dem Schleusengebiet aufgelistet. Da wir ja jetzt wissen von wo das Foto ausgemacht wurde, ist die Liste eigentlich uninteressant. Hier steht allerdings am Rand „Zweigstellen", dem wollte ich nachgehen."

„Was soll das heißen?"

„Ich vermute, dass sie Recht hat, diese großen Firmen haben oft kleine Subunternehmer die irgendwelche Teile für ihr eigenes Produkt produzieren. Das ist oft günstiger als eigene Maschinen, zusätzliche Angestellte und teure Wartungen zu unterhalten"

„Ok Stevens, machen sie das."

Tjark wendet sich wieder seinem PC zu.

Das Foto eines sehr freundlich wirkenden Mannes erscheint mit persönlicher Angaben.

Ein achtundsechzig Jahre alter Mann, stämmige Figur, Hannes Tussen, selbstständiger Kremationstechniker in De Nieuwe Ooster, wird seit dem 18.02.2016 vermisst.

Tjark starrt auf den flackernden Bildschirm, sein Körper spielt verrückt.

„Wenn dieser ältere Mann der Kremationstechniker aus De Nieuwe Ooster war?"

Er lässt den Besuch in dem Krematorium Revue passieren. Der erste Eindruck den er von dem Gebäude hatte, die offenstehende Tür. Die nicht besetzte Rezeption, seinem Instinkt folgend, die Waffe gezogen zu haben. Das plötzliche Erscheinen des angeblichen Kremationstechnikers, dessen Namen er nicht erfragte, weil er so emotional war. Tjark fühlt sich wie ein blutiger Anfänger, weil er überreagiert und verantwortungslos agiert hatte. Vor ein paar Tagen hatte er den Eindruck der junge blasse Mann wäre wegen seinem aggressiven Auftreten nervös gewesen. Durch seine emotionale eigene Situation, hat er einen Riesenfehler gemacht. Er hat das Krematorium in seiner Hast so schnell verlassen, ohne darüber nachzudenken, mit wem er es hier eigentlich zu tun hatte.

Ihm wird gerade klar, dass er dem Mörder höchst wahrscheinlich gegenübergestanden hat, wahrscheinlich auch dem Mörder seiner kleinen Luca. Wütend ballt er seine Faust, erinnert sich an das schäbige blasse Gesicht, dass er niemals vergessen wird.

„Stevens!"

Der kleine Mann kommt sofort zu seinem Tisch. Tjark steht auf, um seiner Anweisung massiven Druck zu verleihen.

„Es soll sofort ein Team der SpuSi zum Krematorium nach Amsterdam fahren, in dem Luca angeblich eingeäschert wurde. Der blasse Mann, der dort vor Ort war hat sich als Kremationstechniker ausgegeben. Ich nehme sehr stark an, dass er Hannes Tussen, den Inhaber ermordet und eingeäschert hat. Die sollen den Laden auf den Kopf stellen, ich will auch wissen wo der Leichenwagen des Krematoriums ist. Den Wagen sollen sie ebenfalls auseinandernehmen. Dann muss Tanja herkommen, sie soll ein Phantombild erstellen."

Stevens wendet sich sofort zum Gehen zu seinem Schreibtisch und macht was ihm aufgetragen wurde.

Beschämt und zutiefst verzweifelt, über seinen Fehler stürzt Tjark sich in die Arbeit. Er ruft Phillip währenddessen an, um Ihn auf den neusten Stand zu bringen. Nach kurzer Zeit erscheint Tanja, eine junge Kunststudentin und setzt sich mit Klemmbrett und Bleistift vor seinen Schreibtisch. Auch wenn er im Krematorium falsch und überhastet gehandelt hat, an sein Gesicht konnte er sich exakt erinnern. Tjark liefert eine detailgetreue Beschreibung des Gesichtes, Haarschnitt, Farbe, Größe und Gewicht des Mannes. Tanja ist zwar noch sehr jung aber sehr talentiert, sie setzt Tjark Beschreibungen in der Tat um.

Die Zeichnung sieht genauso aus wie Tjark den Mann in Erinnerung hat.

„Vielen Dank Tanja, du bist mir gerade eine enorme Hilfe."

„Immer wieder gerne."

Tanja überreicht Tjark das mit Bleistift gezeichnete Bild und wendet sich zum Gehen.

Er schaut sich wieder das Bild von Hannes Tussen an, klickt die darunter hinterlegte Telefonnummer der Ehefrau an und wählt die Nummer.

„Thussen."

Eine mit alter Stimme klingende Frau meldet sich mit schniefender Nase.

„Guten Tag, Tjark de Fries mein Name, Polizei Sneek. Ist Hannes Tussen ihr Ehemann?"

„Ja, um Gottes willen, haben sie meinen Mann gefunden?"

Tjark gehen tausend Gedanken durch den Kopf, aber das ihr Ehemann vermutlich Tod und bereits eingeäschert ist. Äußert er jetzt lieber noch nicht, schließlich hat er noch keinen eindeutigen Beweis für die Identität der Person aus der Urne.

„Nein noch nicht, aber ich habe eine Frage, die uns vielleicht weiterhelfen wird. haben sie einen Mitarbeiter im Krematorium?"

„Die ältere Dame lässt einen kurzen Moment der Verwunderung verstreichen bevor sie antwortet.

„Nein, wieso? Mein Mann macht das alles alleine, verstehen sie eigentlich sind wir ja schon in Rente. Verstehen Sie, wir machen das ehrenamtlich für Menschen die gerne Eingeäschert werden wollten, deren Familien sich das aber nachweißlich nicht leisten können. Deswegen können wir uns gar keinen Mitarbeiter leisten, mein Mann würde sowieso niemals jemanden in seine Kremationshalle lassen.

„Wo waren sie denn vorgestern?"

„Ja da war ich ja noch mit meinen Freundinnen verreist. Wir haben eine Busreise zu verschiedenen außergewöhnlich schönen Kirchen gemacht. Ich war fünf Tage weg und als ich gestern nach Hause kam, war mein Hannes nicht zu hause. Ich habe alle Nachbarn gefragt und unsere Kinder angerufen. Hab gedacht er ist vielleicht im Krankenhaus oder so und gestern Abend dann bin ich direkt zur Polizei und habe eine Vermisstenanzeige angegeben."

Die Frau am anderen Ende des Telefons fängt an zu weinen.

„Verstehen sie, er würde mich doch nicht nach siebenundvierzig Ehejahren einfach so verlassen."

„Bitte beruhigen sie sich Frau Tussen, sie haben mir sehr geholfen und wir werden alles tun um ihren Hannes wieder zu finden."

„Ja gut." Die Ehefrau weint nun laut in den Hörer hinein.

„Auf Wiederhören."

Tjark legt einfach den Hörer auf, nimmt das Bild und läuft damit zu Björk. Ohne anzuklopfen stürzt er in sein privates Büro.

„Björk, ich habe ihn, glaub mir das ist der Drecksack."

Tjark legt ihm das Bild auf den Tisch und redet ungefragt weiter.

„Er war im Krematorium in Amsterdam als wir nach Luca gesucht haben. Es tut mir leid, ich hätte Verdacht schöpfen müssen, aber ich war so emotional. Es gibt keine Entschuldigung für mein Verhalten, ich..."

„Ist schon gut Mann, erzähl!"

„Er war ganz plötzlich da, er war super nervös, aber das habe ich auf meine Waffe geschoben."

„Du hast was?"

„Die Rezeption war nicht besetzt, alle Türen Sperrangelweit offen. Wir haben Verdacht geschöpft und wollten einfach nur auf einen eventuellen Angriff vorbereitet sein. Er erschien ganz plötzlich hinter dem Ofen hervor. Er wusste sofort wo die angebliche Kapsel von Luca steht. Ich habe einfach keinen Verdacht geschöpft."

„Ja und warum jetzt?"

Tjark legt Björk ein Foto des seit zwei Tagen vermissten Hannes Tussen vor.

„Das ist der echte Kremationstechniker, der Besitzer und Geschäftsführer. Er wird seit zwei Tagen vermisst, die Meldung ist soeben hereingekommen. Ich habe gerade mit seiner Ehefrau telefoniert, es gibt keinen Mitarbeiter. Ich weiß nicht wer der blasse Mann war und was er dort zu suchen hatte, aber wir müssen ihn finden."

„Ja mach, worauf wartest du noch."

Tjark läuft durch das große Büro direkt zu Stevens.

„Gib das hier zur Fahndung heraus."

Er scannt es sofort und gibt es frei in eine landesweite Fahndung der Polizei. Sogar im öffentlichen Netzwerk wird das Bild mit Täterbeschreibung gepostet, nachdem Björk sein ok dazu gegeben hat.

Tjark lässt das Bild durch die polizeiliche Datenbank laufen. Die digitalen Daten des gescannten Bildes, werden mit den Daten aller Verbrecher und Verdächtigen verglichen. So kann festgestellt werden, ob der Verdächtige mit irgendeinem Gesicht der Datenbank mit den individuellen Merkmalen übereinstimmt. Der Suchlauf dauert sehr lange und kann Tage dauern.

Nebenbei recherchiert Tjark bis tief in die Nacht, bis ihm die Augen vor Müdigkeit immer wieder zufallen. Bis auf diesen einen Artikel über das Verschwinden der Lohfers kann Tjark einfach nichts über dessen Sohn im Internet oder der Datenbank finden.

Nachdem er in der Einrichtung für betreutes Wohnen ausgezogen ist, verliert sich jede Spur. Es scheint als wäre er vom Erdboden verschluckt, keine Adresse, keine Sozialversicherungsnummer, kein Führerschein, keine Konten, nichts außer die Halle in der van Jaar lebt. Es fällt ihm nicht einfach den PC auszuschalten, aber er kann sich einfach nicht mehr konzentrieren. Niemand ist mehr auf der Wache, die letzten sind gegen 23:00 Uhr gegangen. Tjark schaut auf die Uhr, es ist 02:37 Uhr in der Nacht. Sein Verstand sagt ihm Schluss zu machen und ein wenig zu schlafen, sonst würde er in den nächsten zwei Tagen zusammenbrechen. Als der Bildschirm erlischt, steht er im komplett dunklen Büro, das nur ein wenig von dem hereinscheinenden Mondlicht erhellt ist. Tjark geht zu Mandys Tisch, auf dem jemand ein kleines Teelicht gestellt haben muss, das bereits erloschen ist. Er nimmt es und wirft es in den Papierkorb. Traurig erinnert er sich an ihr liebes Wesen, an ihren außergewöhnlichen Style. Während er das Gebäude verlässt fragt er sich, wie Luca sich gekleidet hat. Er weiß es einfach nicht, nichts weiß er über seine kleine Tochter, die er so sehr liebt.

Am Haupteingang durchquert er die Schleuse, in der drei Polizisten sitzen die Nachtschicht haben. Sie grüßen ihn stumm, vertieft in ihren Computern auf der Suche nach hinweisen.

Die frische Nachtluft bekommt Tjark gut, sie erhellt seinen müden Geist ein wenig und gibt ihm die letzte Kraft nach Hause zu fahren.

Irgendwann in den letzten Wochen, bevor diese Morde anfingen, hat Tjark Brittas Adresse im Polizei Computer nachgesehen und festgestellt, dass sie ganz in seiner Nähe wohnt. Seitdem ist er mehrere Male einen kleinen Umweg gefahren, um hinauf zu ihrer Wohnung in der ersten Etage zu sehen.

Obwohl Tjark nach Addas Tod beschlossen hat niemanden mehr in sein Herz zu lassen, fühlt er sich zu der hübschen Frau hingezogen. Spontan fährt er an ihrer Haustür vorbei, vielleicht um nachzusehen ob alles in Ordnung ist. Er weiß es nicht. In dieser Nacht brennt bei Ihr in der Küche noch Licht und er sieht Britta kurz aus dem fahrenden Auto heraus.

Wie von jemand anderes fremdgesteuert fährt er seinen Wagen auf den Seitenstreifen und hält an. Er weiß, dass das Quatsch ist, kann sich selbst aber nicht stoppen. Ohne den Wagen abzuschließen geht er direkt auf Brittas Hauseingang des Mehrfamilienhauses zu und drückt auf das Klingelschild.

So wie er den Summer der Sprechanlage hört, erschreckt er und fragt sich was er da eigentlich macht. Er sieht kurz auf die Uhr und schallt sich selbst einen Narren. Panik steigt in ihm auf, sein Blut schießt ihm in den Kopf, er wendet sich von dem Hauseingang bereits ab. Versucht in der Dunkelheit der Nacht zu verschwinden, um das gerade getane einfach ungeschehen zu machen. Als er ihre liebliche Stimme durch die Sprechanlage hört, kann er nicht einfach verschwinden.

„Hallo? Wer ist da?"

Tjark hält in seiner Bewegung inne, nicht fähig weiter zu gehen.

„Hallo? Wer ist denn da, bitte?"

Er geht einen Schritt zurück zu Haustür und antwortet mit trockener Stimme.

„Hier ist Tjark de Vries, der Polizist aus dem Café." Er sagt das, weil er sich auf einmal gar nicht mehr so sicher ist, dass sie ihn jemals bemerkt hat, oder überhaupt irgendetwas mit seinem Namen anfangen kann.

Dann summt das Schloss der Haupteingangstür, Tjark drückt verwundert dagegen.

Überrascht und planlos öffnet er die Tür und geht die alte Holztreppe hinauf. Sie wohnt in einem wunderschönen Altbau dessen Stufen bei jedem Schritt knarren.

Britta steht mit einem schwarzen Unterhemd und einer grauen Jogginghose, barfuß im Türrahmen. Ihre blauen Augen glänzen, ein leichtes Lächeln umspielt ihre sinnlichen Lippen.

„Haben Sie schon auf die Uhr gesehen? Es ist kurz vor drei."

Tjark wirkt hilflos, er weiß auch gar nicht was er eigentlich hier will.

„Ja, entschuldigen Sie bitte. Ich wollte nicht stören. Ich habe nur Licht bei Ihnen in der Küche gesehen und habe mich gefragt was Sie machen."

Britta lächelt herzlich, in ihren Augen schwingt Belustigung mit.

„Kommen Sie doch auf einen Kaffee herein."

In Gedanken hat Tjark schon den Rücktritt durchspielt, sich überlegt wie er hier herauskommt ohne sich komplett zu blamieren. Aber dafür ist es wohl schon zu spät.

„Nein, keine Umstände. Ich komme gerade von der Wache und habe nicht auf die Uhr gesehen."

Aber Britta ist schon in der Wohnung verschwunden und ruft ihm irgendetwas zu. Aufgeregt betritt er Ihre Wohnung, schließt die Haustür und sieht in die anliegende gemütliche Küche.

Es duftet herrlich nach frisch gebackenem Gebäck, überall stehen Kekse und Muffins. Eine große rosa farbige Küchenmaschine surrt leise vor sich, während sie einen Teig rührt.

„Hängen Sie Ihren Mantel an die Garderobe im Flur und treten Sie doch ein." Sie ist gerade damit beschäftigt ein heißes Blech aus den Ofen zu holen und sieht Tjark nicht einmal dabei an. Während er seinen Mantel aufhängt und sich gebannt an den Tisch setzt, gießt Britta ihm einen Kaffee ein und stellt ihn vor sich hin.

„Schwarz nicht wahr?"

Tjark ist von ihrer Schönheit, ihrer Natürlichkeit und die Art, wie sie sich bewegt so gebannt, dass er nicht antworten kann.

Anders als im Café, wo er ihr kaum Beachtung schenkt, kann er jetzt seinen Blick nicht von ihren schönen Augen lassen.

„Was?"

„Sie trinken ihren Kaffee immer schwarz."

Britta nimmt einen kleinen Teller aus dem Küchenschrank, legt einen Zimt Muffin und ein paar der Kekse darauf. Dann dreht sie sich zu ihrer Küchenmaschine um und schaltet sie aus. Während sie die Metallschüssel nimmt, um den Teig in die bereit gestellten Muffin Förmchen zu füllen, fragt sie mit lieblicher Stimme.

„Wieso wissen Sie, wo ich wohne und warum haben Sie geschellt?"

„Ich habe den Deckel Ihrer Keksdose versehentlich mitgenommen."

Abrupt dreht Britta sich um und fängt an zu lachen.

„Sie haben was?"

Tjark wird rot im Gesicht, peinlicher geht es gar nicht.

„Ja, im Zuge unserer Ermittlungen habe ich ihn einfach mitgenommen, weil er ein Hinweis sein könnte."

Ungläubig schaut Britta Tjark an. Teig tropft ihr von dem Löffel auf den Boden.

„Und wo ist der Deckel?"

„Auf meinen Schreibtisch." Tjark weiß, dass er sich hier gerade bis auf die Knochen blamiert und dass es die bescheuertste Aussage ist, die er jemals gemacht hat.

„Wenn ich meinen Freundinnen erzähle, dass ein Polizist morgens um halb drei bei mir geschellt hat, weil da noch Licht in meiner Küche brannte. Um mir dann mitzuteilen, dass er meinen Keksdosendeckel geklaut hat und ihn dann noch nicht einmal mitgebracht hat, dann glaubt mir das wohl keiner."

Es herrscht für einen Augenblick stille in der Küche, bis beide in schallendes Gelächter ausbrechen. Sie wissen beide, dass sie sich gerne mögen. Britta freut sich, dass er da ist und Tjark, dass er bei ihr ist. Das Eis zwischen ihnen ist gebrochen und sie unterhalten sich die ganze Nacht. Seid Addas Tod hat Tjark nicht mehr gelacht, hat sich nicht mehr so unbeschwert mit einer Frau unterhalten, wie in dieser Nacht. Britta backt immer weiter und verpackt alles in Kartons. Er trinkt eine Tasse Kaffee nach der anderen und isst ein halbes Pfund Gebäck aus Nervosität. Sogar den Mörder, Luca, Mandy, die Wache, einfach alles kann er für ungefähr drei Stunden vergessen. Bis es sechs Uhr ist und Britta sich auf den Weg machen muss. Tjark hilft ihr die ganzen Kartons mit Gebäck, in ihren kleinen Lieferwagen zu stellen. Die Sonne geht bereits auf.

Vorsichtig schließt Britta die Ladeklappe bevor sie sich zu Tjark umdreht.

„Machst du eigentlich immer so viel Gebäck für dein Café?"

„Nein, das ist eine Sonderlieferung für ein Hotel hier in der Gegend."

„Es war sehr schön bei dir, ich freue mich sehr dich kennen gelernt zu haben."

„Das finde ich auch." Sagt Britta und geht einfach einen Schritt auf Tjark zu, um ihm einen Kuss auf den Mund zu geben.

Ihre Lippen berühren sich kaum, sachte legt Tjark seine Hand auf ihre Hüfte. Die Stadt schläft noch und Tjark hört nichts außer seinem Herzschlag. Die aufgehende Sonne lässt ihr Haar wie fließendes Gold erscheinen und für einen Augenblick versinkt er in ihren blauen Augen, bevor sie sich von ihm löst und ihn anlächelt.

„Ich muss gehen."

„Ja." Tjark fühlt sich wie ein unbeholfener Schuljunge.

Dann steigt sie in ihren Wagen und fährt davon. Für einen kleinen Augenblick noch schwebt er in dieser Wolke, in der man nichts hört und nichts sieht. Verzaubert von dieser einen Nacht, überwältigt von diesem einen flüchtigen Kuss.

Bis das Handy in seiner Hosentasche vibriert und ihn zurück in sein Leben ruft.

„Ja?"

„Björk hier, wo bleibst du? Es sind schon alle da!"

„Auf dem Weg, ich komme."

Sie legen beide auf, ohne sich zu verabschieden. Tjark steigt in seinen Wagen und fährt los. Er hat zwar seit achtundvierzig Stunden nicht geschlafen, ist aber hell wach. Gerade noch total beflügelt und glücklich, wächst die Angst in ihm so rasant, dass es ihm fast den Atem nimmt. Inständig hofft er, gleich keine schlechten Nachrichten über Luca zu hören. Er schickt ein Stoßgebet in den Himmel und wendet sich an den, den er all die Jahre verflucht hat.

Nach wenigen Minuten erreicht er die Wache, parkt direkt vor dem Eingang und huscht durch die Schleuse. Mit schnellen Schritten durchquert er das Großraumbüro, mit der Feststellung, dass keiner aus seinem Team am Platz sitzt. Die Tür des Besprechungsraumes ist offen, keiner spricht als er den Raum betritt und die Tür schließt. Schwarzer Kaffee steht dampfend auf dem Tisch, an seinem Platz. Grußlos setzt er sich und fragt sich wer den Kaffee gemacht hat.

Er weiß, dass es nicht Mandy war, da sie in ihrem Wagen ermordet wurde.

Phillip steht vor der gesammelten Mannschaft und sieht genauso müde aus, wie alle anderen hier im Raum.

Er hält einige Unterlagen in der Hand, jeder im Raum spürt die Spannung.

„Guten Morgen,

ich habe die ersten Ergebnisse aus dem Labor. Das Blut aus dem Wagen stimmt mit Mandys DNA überein." Phillips Mund verzieht sich, Tränen sammeln sich in seinen Augen.

Stevens schluchzt in sein Taschentuch und ein allgemeines Raunen geht durch den Raum. Tjark wirkt wie versteinert, er kann sich kaum auf das konzentrieren was Phillip als nächstes sagt.

„Die Reifenspuren des Vans stammen von einem 205/55 R16 Reifen, die es überall zu kaufen gibt.

In Mandys Wageninneren wurden Haare gefunden, die nicht mit Mandys DNA übereinstimmen. Es sind ca. zwanzig Zentimeter lange, sehr stark gebleichte Haare, die von den gemessenen Hormonen her, zu einer männlichen Person gehören. Die von der Haarfarbe her mit dem Phantombild übereinstimmen, das Tjark hat zeichnen lassen. Der junge Mann im Krematorium war unnatürlich Blond und von unnatürlich heller Hautfarbe. Ich glaube aber nicht, dass er ein Albino ist, sondern dass er sich selbst, sowie auch die Leiche mit den Abdrücken auf der Schulter gebleicht hat. Der Verdächtige hat sehr dunkelbraune Augen, was auch nicht zu einem Albino passen würde.

Außerdem wurden bei der Analyse Spuren von Psychopharmaka in den Haaren gefunden. Was darauf schließen lässt, dass unser Verdächtiger unter Anbetracht der Taten, unter einer schweren psychischen Störung leidet und in ärztlicher Behandlung ist.

Die Jungs von der SpuSi haben die Tat nachkonstruiert und anhand von Mandys Körpergröße, der Höhe wahrscheinlichen Schnittverletzung und unserer Einschätzung ist der Mörder zirka 1,72cm groß."

Dabei sieht er kurz zu Tjark herüber.

„Die Haare aus Mandys Wagen stimmen mit den Haaren aus dem Krematorium überein, die wir in Amsterdam gefunden haben. Also können wir davon ausgehen, dass der Mann hier auf unserem Phantombild unser Tatverdächtiger ist.

Hinter der Verbrennungsanlage haben wir Spuren von einem Kampf und Schleifspuren bis zu dem Ofen sichergestellt. Weitere Blutspuren des Opfers und die Tatwaffe. Eine Schippe an der das Blut von Hannes Tussen klebt und ziemlich viele Fingerabdrücke die wahrscheinlich von unserem Tatverdächtigen stammen."

„Was ist mit der Lagerhalle an der Schleuse?" will Björk wissen.

„Dort haben wir keine Spuren gefunden die wir mit unserem Tatverdächtigen in Verbindung bringen können. Irgendetwas muss da aber sein, die Lagerhalle muss eine Bedeutung für ihn haben, sonst hätte er das Foto nicht aus dem Giebelfenster aufgenommen."

„Gibt es Baupläne zu der Lagerhalle?" fragt Tjark. Seine Stimme klingt so traurig, wie ein Mensch nur sein kann. Die Stimmung in diesem Besprechungsraum ist wie auf einer Beerdigung.

„Ich werde mich darum kümmern." Spricht Stevens leise vor sich hin, während er sich Notizen macht.

„Die Haare aus Lucas de Vries Bürste passen natürlich nicht mit der DNA aus der Kartusche überein." Phillip schafft es einfach nicht von seinen Notizen aufzusehen.

Tjarks rechte Hand ballt sich neben seiner Kaffeetasse zusammen.

„Der Pathologe Jansen aus Amsterdam, hat es versäumt direkt Fotos von der Leiche zu machen, die er zu obduzieren zu gedachte. Von der Frauenleiche fehlt jede Spur, wir können noch nicht einmal mit Sicherheit sagen, dass es Luca ist."

Das einzige was Tjark spürt ist Schmerz in seiner linken Brust.

Björk steht schweren Herzen auf und bittet Phillip Platz zu nehmen.

„Also, ich bin genauso fertig mit den Nerven wie alle anderen hier auch. Dass unsere Mandy ermordet wurde, ist ungerecht und zu tiefst traurig. Ich kann meine Trauer gar nicht in Worte fassen. Jeder hier hat sie geschätzt und als liebenswerte, aufgeschlossene Persönlichkeit wahrgenommen. Sie war die gute Seele unserer Wache, das wissen wir alle." Björk sagt eine Minute lang nichts, in der jeder hier im Raum in Erinnerungen an Mandy schwelgt. Stevens schluchzt in sein Papiertaschentuch, andere wischen sich heimlich ihre Tränen weg.

„Deswegen ist es nun umso wichtiger, dieses Schwein zu packen." Björk holt tief Luft und wird lauter um seinen Worten Ausdruck zu verleihen.

„Er hat viele Menschen auf dem Gewissen, er hat Mandy ermordet, wir wissen nicht wo Luca steckt und ich verlange, dass ihr euch jetzt alle zusammenreißt. Ich will diesen Mann haben, wir werden alle Hebel in Bewegung setzten. Jeder auf dieser Wache wird sich ausschließlich mit diesem Fall beschäftigen, alles andere ist unwichtig." Er sieht Stevens an.

„Geben sie das Phantombild frei, es soll in den Sieben Uhr Nachrichten erscheinen, in den Tageszeitungen auf jeder Plattform im Internet. Jeder Grenzübergang, jeder Flughafen, schicken sie das Bild an jede Zentrale für polizeiliche Dienste in Europa. Vergleichen Sie die sichergestellten Fingerabdrücke aus dem Krematorium mit unserer Datenbank. Ich will wissen in welcher Schule das Schwein war, sprechen sie mit Lehrern, Nachbarn, klappern sie Datenbanken aller Krankenhäuser ab. Durchsuchen Sie alte Zeitungsausschnitte aus unseren Archiven. Ich will wissen wo die monatliche Miete von Michael van Jaar hingeht."

„Auf ein Konto einer Briefkastenfirma, in der dominikanischen Republik," murmelt Stevens vor sich hin.

„Machen sie Ihren Job, sie alle hier haben Jahrelange Erfahrungen, fassen sie Ihn, ich will Ergebnisse!" Björk steht auf und verlässt den Besprechungsraum, um in seinem Büro zu telefonieren.

Niemand spricht auch nur ein Wort, immer noch geschockt von Mandys Tod. Tjark begibt sich zu seinem Schreibtisch und sieht sich das Foto an, welches er aus Lucas Wohnung mitgenommen hat. Jeder macht hier was er kann, alle stürzen sich stillschweigend auf die Arbeit ohne auch nur ein Wort zu sprechen. Normalerweise ist es hier immer laut, die Kollegen unterhalten sich, es wird hier und da auch mal ein Witz gemacht. Heute ist es anders, die Wache trauert.

Tjark hat eine Idee und sucht sich die Telefonnummer der Archiv- und Informationsstelle in Amsterdam heraus.

„Archiv und Informationsstelle, de Long, was kann ich für sie tun?"

„Tjark de Vries Polizei in Sneek ich brauch eine alte Adresse von einer Familie Lohfers."

„Wie alt?"

„Ich schätze mal aus den Siebzigern."

„Das tut mir leid, da kann ich ihnen telefonisch nicht weiterhelfen. Hier sind alle Dokumente erst ab 2001 digitalisiert."

„Ok, wann kann ich da denn vorbeikommen?"

„Von montags bis donnerstags von 07:45 – 16:45 Uhr und freitags von 07:45 – 13:45 Uhr."

Tjark notiert sich die Öffnungszeiten.

„Ok, vielen Dank."

„Gerne, auf wieder hören."

Bevor Tjark auch noch nach der Adresse Frage kann, hat diese unmögliche Person mit ätzender Stimme auch schon aufgelegt. Er sucht sie sich im Netz und notiert sie unter den Öffnungszeiten. Da es früh am Morgen ist steht er auf und zieht seinen Mantel wieder an. Von hier nach Amsterdam sind es etwas über eine Stunde, wenn er gemütlich fährt, dann ist er während der Öffnungszeit vor Ort.

„Wo willst du hin?" fragt Phillip der mit zwei Bechern Kaffee vor Tjarks Tisch steht.

„Komm, wir fahren nach Amsterdam zum Staatsarchiv, ich will die Adresse des Elternhauses der Lohfers herausfinden."

Phillip nickt nur kurz und folgt Tjark hinaus auf den Parkplatz. Sie steigen in den nicht abgeschlossenen Wagen, Phillip verstaut die Kaffeebecher in die dafür vorgesehenen Halter. gibt die Adresse in das Navi ein und startet den Wagen. Sie benehmen sich wie ein alt eingespieltes Team und Tjark empfindet plötzlich so etwas wie Freundschaft für Phillip.

Nach einer halben Stunde Fahrt stellt Tjark seinem neuen Partner eine Frage:

„Warum tust du das für mich?"

„Das ist mein Job."

„Du gehst weit über deine Pflichten hinaus, machst dich fast strafbar für mich."

Phillip sieht aus dem Fenster hinaus, weit in der Ferne betrachtet er die grünen und gelben Felder.

„Ich bin was ich bin und ich werde immer irgendwelche Gesetze dehnen, um Menschleben zu retten. Es geht um alle Menschen, jetzt und in der Zukunft.

Ich habe selber eine kleine Tochter und sollte ich einmal in deine Lage kommen, wünsche ich mir jede Hilfe."

Tjark denkt lange darüber nach was Phillip gesagt hat und muss feststellen, dass sie sich sehr ähnlich sind.

„Danke."

Die nette Dame aus dem Navi sagt an, dass sie ihr Ziel erreicht haben. Die beiden stehen vor einem sehr alten, wunderschönen, zweistöckigen Gebäude aus dem Jahre 1881. Der Neubau der dort angebaut wurde, stammt wahrscheinlich aus den Siebzigern und ist komplett aus Beton. Nachdem Tjark vor dem Archivgebäude geparkt hat, gehen sie die Stufen hinauf und betreten die Eingangshalle. Es riecht hier muffig, die Luft ist staubig und trocken. Phillips Stauballergie macht sich sofort bemerkbar indem er drei Mal hintereinander nießt.

Eine sehr dünne ältere Dame mit schwarz gefärbten Haaren sitzt kerzengerade an der Rezeption. Das auffallend schwarze Gestell ihrer Brille und der strenge Dutt lassen sie sehr unfreundlich aussehen.

„Guten Tag, de Fries mein Name, Kommissar in Sneek." Tjark und Phillip holen gleichzeitig ihre Dienstmarken heraus um sie dieser Frau zu zeigen.

Sie reagiert ohne jegliche Mimik oder auch nur dem Anschein eines höflichen Lächelns.

„Was suchen sie denn hier?"

Verwundert über ihre Unhöflichkeit, antwortet Tjark etwas verzögert.

„Eine Adresse der Familie Lohfers aus den siebziger Jahren, hier in Amsterdam oder Umgebung."

„Dann gehen sie bitte in die erste Etage, den Flur links siebter Raum auf der rechten Seite. Hier haben sie ein Informationsblatt über den Aufbau und unserem Ordnungssystem. Bitte bringen sie nichts durcheinander, ich würde es sofort bemerken. Hier haben sie ein weiteres Informationsblatt über unsere Hausordnung."

Tjark und Phillip nehmen die beiden Zettel und gehen ohne sich zu bedanken. Denn die unfreundliche Frau sieht bereits wieder auf ihren Bildschirm und sieht dieses Gespräch wohl als beendet an.

Als sie die erste Etage betreten, gehen sie in den besagten Flur und finden auch den Raum sofort. Auf dem Türschild steht einfach nur ein großes „L".

„Und? Was sagt der Psychologe? Was stimmt mit der Frau am Empfang denn nicht?"

„Keine Ahnung, entweder ist sie ein Alien oder einfach nur ein Arschloch."

Phillip sagt es so monoton, das Tjark einen Lachkrampf bekommt.

„Und sowas aus deinem Mund? Ich hätte nie gedacht, dass du sowas jemals sagen würdest."

Auch Phillip muss über sich selber lachen. Dann werden sie aber wieder ernst und nähern sich den unendlich erscheinenden Regalen voller Hängeordnern.

„Suchen wir jetzt einfach nur nach dem Familiennamen Lohfers?"

„Ja, ich glaub schon."

Es dauert etwa zwanzig Minuten, bis sie erkennen müssen, dass es keinen Eintrag des Familiennamens gibt.

„Was machen wir jetzt?" Fragt Tjark.

Phillip holt das Informationsblatt aus seiner Tasche und überfliegt es. Unter Punkt drei steht, dass manche Adressen auch unter den Familiennamen der Ehefrau abgelegt sind. Wenn es um einen Grundbesitz geht, der der Familie vorher gehört hat.

Beide holen direkt ihr Handy heraus, Tjark versucht etwas im Internet zu finden. Phillip ruft das Standesamt in Amsterdam an.

„Guten Tag Phillip von Heinitz, Polizei in Sneek. Ich bin auf der Suche nach dem Mädchennamen einer gewissen Maria Lohfers aus Amsterdam."

„Einen Augenblick bitte."

Phillip hört wie die Dame des Standesamtes auf ihrer Tastatur herumtippt. Es dauert einige Minuten bis sie sich wieder meldet.

„Hören sie?"

„Ja?"

„Maria Lohfers, geboren am 02.08.1957?"

„Ja, das ist korrekt."

„Geborene Wagner, Klemmweg 3, in Warder."

„Wie bitte?"

„Das ist ihr Mädchenname, verheiratete Lohfers."

„Was ist mit der Adresse?"

„Klemmweg 3, in Warder, das ist die zuletzt vermerkte Adresse."

„Vielen Dank."

Phillip legt auf und sieht Tjark an als wäre ein Wunder geschehen.

„Ich habe sie, lass uns gehen."

Zügig verlassen sie den Raum und laufen durch den Flur, die Treppe hinunter zur Rezeption. Laufen Grußlos an der schrecklichen Dame vorbei und verlassen das Staatsarchiv. Sowie Tjark losfährt tippt Phillip auch schon die Adresse ein.

Zweiunddreißig Minuten über die N247, schnellste Route.

„Wir müssen die Jungs anrufen." Phillip nimmt sein Handy in die Hand.

„Nein, lass das. Wenn du jetzt anrufst wird Björk wollen, das wir auf sie warten und wir sind viel näher dran."

„Niemand weiß wo wir hinfahren, Björk wird uns umbringen."

„Ja, ruf an, aber sag ihm, dass wir schon vorfahren und uns dann in der Nähe des Gebäudes treffen."

Phillip wählt bereits die Nummer der Wache.

„Stevens."

„Ich bin´s Phillip, ich fahre jetzt mit Tjark zum Klemmweg 3 in Warder, das ist die zuletzt gemeldete Adresse der Familie Lohfers."

„Woher habt ihr denn die Adresse? Ich suche seit Tagen danach?"

„Sie wurde unter dem Mädchennamen der Ehefrau Maria Wagner geführt, deswegen."

„Sag Björk Bescheid, er soll uns ein Team hinterherschicken, wir wissen ja nicht, was uns da erwartet."

„Mach ich und seit vorsichtig."

Phillip legt auf und klappt seinen Laptop auf, gibt die Adresse ein und sieht sich das Gebiet an.

„Die Adresse liegt mitten im nirgendwo, da führt nicht einmal eine Straße hin. Es sieht so aus als würde das Haus im Wald stehen."

Tjark kramt während der Fahrt einen kleinen Schlüssel aus seiner Hosentasche hervor und gibt ihn Phillip ohne dabei von der Straße zu schauen.

„Mach das Handschuhfach auf, da ist noch Ersatzmunition."

Während er das sagt öffnet er sein Fenster, stellt das Blaulicht auf sein Autodach und stellt die Sirene an. Er fliegt förmlich über die N247, überholt jeden Wagen und setzt dabei dessen beides Leben aufs Spiel. Erst als es von der Autobahn auf die Landstraße geht, schaltet er die Sirene wieder aus und holt das Blaulicht herein. Er möchte hier in der Gegend auf keinen Fall Aufmerksamkeit erregen. Sie fahren tatsächlich immer weiter ins Ländliche hinein, bis die Straße aufhört und sie in den Wald führt. Obwohl es erst kurz nach zwei ist Uhr Mittag ist, ist es hier bereits verdammt dunkel. Die uralten hoch gewachsenen Kiefern stehen sehr nahe aneinander, sodass die Sonne es nicht leicht hat den Boden zu berühren.

„Wir sind doch hier falsch, hier wohnt doch keiner."

Sowie Phillip den Satz beendet hat taucht eine ruinenhafte rot geziegelte Mauer vor Ihnen auf. Das schwarze verschnörkelte Tor steht halb offen und ist von Efeu bewachsen. Tjark stellt den Motor ab und starrt mit Phillip auf das Herrenhaus, das dahinter zu erkennen ist. Schwarze Raben haben sich diesen Ort zu Eigen gemacht, sie sitzen auf dem Dach und fliegen krähend durch den Wind. Tjark entsichert seine Waffe, läuft gefolgt von Phillip auf das Tor zu und gehen einfach hindurch. So verwildert, wie der parkähnliche Vorgarten aussieht, vermuten sie das Anwesen verlassen. Die Auffahrt besteht aus altem

Kopfsteinpflaster, welches sich die Natur zurückgeholt hat. Man kann den Weg nur noch erahnen, Unkraut und Disteln erschweren ein Einfaches laufen. Das Haus war einmal weiß verputzt, die letzten Überreste scheinen auch sehr bald abzubröckeln. Sie müssen einige Stufen nach oben gehen um die Veranda mit den vier Säulen zu erreichen. Sie gehen bedächtig, achten auf jeden Schritt um bloß keinen Lärm zu machen. Phillip stellt sich mit dem Rücken zur Wand, links neben die Haupteingangstür. Zu Tjarks Verwunderung öffnet die Tür sich wie von alleine, als er sachte dagegen drückt. Sie knarrt sehr laut, was ihm gar nicht gut gefällt. Aufgeregt betritt er die Empfangshalle mit gezogener Waffe. Sie scheint komplett leer zu sein, hier befindet sich nicht ein Möbelstück oder sonstiges mehr. Es ist sehr dunkel, da es hier kein natürliches Tageslicht gibt. In die stille Dunkelheit horchend, stehen die beiden im Eingangsbereich und ahnen schreckliches. Es muss hier etwas Böses geschehen sein, das spüren sie beide.

„Ich habe zwei Taschenlampen im Kofferraum, wäre nicht schlecht, wenn du sie holst."

Ohne zu antworten läuft Phillip so schnell es geht über den Distelweg zurück zum Wagen und sieht im Kofferraum nach.

Als er zum Haus zurück kehrt steht Tjark dort bewegungslos und nimmt die bereits eingeschaltete Taschenlampe an sich.

„Wir bleiben zusammen." Flüstert Tjark, zur Phillips Beruhigung, denn sein Herz klopft heftig gegen seine Brust.

Sie bewegen sich im Erdgeschoss von Raum zu Raum um festzustellen, dass hier nichts ist. Schweigsam gehen sie die Stufe hinauf in das Obergeschoss, auch hier finden sie nichts außer Staub und Mäuse Kott auf dem Boden.

„Ok, ab in den Keller."

Phillip erschaudert bei dem Gedanken, folgt Tjark aber gehorsam.

Im Eingangsbereich führt eine Tür neben der Treppe direkt nach unten in die Dunkelheit.

Der Schein ihrer Taschenlampen spiegelt ihre Nervosität wieder. Schnell und unkontrolliert leuchten sie hin und her, können nicht glauben was sie hier vorfinden. Der Anblick ist schrecklich. Es stink bestialisch nach Verwestem.

Überall an den Wänden hängen Köpfe erlegter Tiere, Spinnennetze hängen wie Trauerweiden von den Kadavern und der Decke. Mitten im Raum steht ein riesengroßer blutgetränkter Holztisch auf dem einige Messer und eine rostige Säge liegen. In einer anderen Ecke steht ein staubiges Kinderbett, in der eine alte Porzellanpuppe sitz und mit ausgestochenen Augenhöhlen in den Schein der Taschenlampe starrt.

Ein leises Geräusch ist zu hören, ein Rascheln, das sie nicht einordnen können.

Der Gestank hier unten wird immer penetranter, umso tiefer sie in den Raum eindringen. Tjark kennt den starken Geruch der Verwesung sehr gut. An der Wand steht eine alte Badewanne unter einem Regal voller Werkzeuge. Phillip geht näher an sie heran, er erschreckt so sehr, dass er die Taschenlampe fallen lässt. Er schreit auf und springt einen Schritt zurück.

Tjark tritt an die Badewanne heran und leuchtet auf die zersetzte Leiche, dessen Kopf noch so gerade aus einem Meer von vergammelten Gedärmen schaut. Maden tummeln sich als wären sie im Schlaraffenland. Es sind so viele, dass Phillip das raschelnde Geräusch das sie erzeugen, wohl niemals vergessen wird. Tjark fragt sich wie lange diese Leiche wohl schon hier liegen mag, umso eine starke Verwesung hervorzurufen.

„Ok, das reicht, raus hier."

Fliegen schwirren umher, setzten sich auf Phillips nass geschwitzter Stirn. Er hebt seine Taschenlampe auf und eilt mit Tjark die Treppen hinauf. Sie verlassen das Gebäude und gehen zum Wagen. Aus weiter Ferne hören sie bereits die Sirenen ihrer Kollegen, währen Tjark sich eine Zigarette anzündet und Phillip sich eine Flasche Wasser aus dem Auto holt. Fix und fertig stehen sie wartend, am Wagen und schweigen. Tjarks Angst um Luca ist noch mehr gewachsen, die Hoffnung sie lebend zu finden ist verschwunden. Er fragt sich was für ein Mensch solche Dinge tut. Es muss ja der Sohn der Lohfers sein, anders kann er sich das nicht erklären.

Björk und die Jungs treffen ein, auch sie haben vor wenigstens dreihundert Metern ihre Sirenen ausgestellt. So fertig wie Tjark und Phillip aussehen, muss Björk nicht fragen, um zu wissen ob sie beide schon drin waren.

„Ist Luca oder Mandy dort?" In Björks Frage schwingt Hoffnung mit, dass es nicht so ist. Die Kollegen stehen wie angewurzelt um sie herum und lauschen still.

„Nein, keine Spur von den beiden, aber im Keller liegt eine stark verweste Leiche in einer Badewanne. Ihr braucht die Baustrahler, da ist einfach kein Licht. Ansonsten haben wir nichts gefunden, wir waren aber auch nur kurz drinnen. Ich wollte nur sicher gehen das Luca oder Mandy nicht drin sind."

„Schon gut, ich wäre auch reingegangen und hätte nicht auf das Team gewartet, du bist mir keine Rechenschaft schuldig."

Björk holt tief Luft und klatscht in die Hände.

„Also gut, fahren wir die Wagen näher an das Gebäude heran, schafft Licht in dieses Haus und dann lasst uns da mal Ausmisten. Wir haben keine Zeit zu verlieren, ich möchte bis morgen früh einen Bericht auf meinem Tisch liegen habe."

Sofort setzen sich alle in Bewegung, jeder weiß was er zu tun hat. Oft genug hatten sie Einsätze dieser Art, dass nun alles Hand in Hand geht. Jedoch wissen sie nicht, dass das schrecken das sie dort unten erwartet noch nicht seinen Zenit erreicht hat.

Die junge Frau weiß nicht, wie lange sie nun schon auf dem kalten Betonboden liegt. Ihr Körper schmerzt und friert, sie hat seit Tagen nichts gegessen und getrunken. Ihre Lippen sind spröde und bereits aufgerissen. Zwischenzeitlich lag sie einfach nur lethargisch auf dem kalten Boden, wartend auf den sicheren Tod. Ohne jegliches Zeitgefühl, ob Tag oder Nacht, fällt sie immer wieder in eine kraftlose Erschöpfung. Er hat das Licht ausgemacht bevor er stillschweigend gegangen ist. Anfängliche Panik half ihr sich befreien zu wollen, was ihr einfach nur blutige Hand und Fußfessel eingebracht hat. Hier unten ist nichts außer dem Rascheln der Kakerlaken in dem Terrarium zu hören.

Schlaftrunken hört sie aus der Nähe ein Geräusch, eine schwere Tür die zugefallen sein muss. Panik steigt in ihr auf als sie Schritte hört, die immer näherkommen. Ihre Atmung wird immer schneller, ihr Herz überschlägt sich fast vor Angst. Nackt und gefesselt hier am Boden liegend, fragt sie sich was er nun mit ihr vorhat. Sie will nicht sterben, sie will hier raus. Für einen kurzen Augenblick wird ihr klar, dass sie keine Freunde hat. Dass niemand sie vermissen und keiner nach ihr suchen wird. In dem Moment, als Sie gerade anfängt über ihren Vater dem Polizisten nachzudenken, erscheint der blasse Mann auch schon im Raum und schaltet die Lichterkette an. Ohne sie zu beachten, geht er zum Kühlschrank um seine lieben Tierchen zu füttern. Das Radio springt an, in dem der Moderator gerade einen Tophit ansagt. Ein leichter, fröhlicher Song über Liebe, Strand und Sonne erklingt.

Das Mädchen im Zwinger kann nicht fassen, dass das Leben da draußen einfach weitergeht, obwohl sie hier doch so liegt und sterben soll. Sie fragt sich, wie das sein kann, dass niemand etwas bemerkt hat. Sie weiß auch gar nicht, wie er sie hierhergeschafft hat. Dann erinnert sie sich an den Chat mit Henry, dass sie sich mit ihm verabredet hat. Er hat ihr von hinten ein getränktes Tuch vor Mund und Nase gepresst. Dann ist sie in dem Müllsack wieder zu sich gekommen.

„Du bist Henry." Ihre trockene Kehle schmerzt bei diesen Worten.

Der blasse Mann hält einen Augenblick inne in seiner Bewegung, verwundert, dass es gesprochen hat. Das tut es normalerweise nie, da der Mund immer abgeklebt ist. Er fragt sich wie sich das Tape lösen konnte. Nervös kippt er ein paar Innereien in das Terrarium, denn er weiß nicht mit der Situation umzugehen. Er beherrscht es immer und absolut, das ist sein Streben und seine Befriedigung. Er wird sauer, total aggressiv stürmt er auf den Zwinger zu und beugt sich über das Gesicht. Himmelblaue große Augen starren ihn ängstlich an. Sie versucht weg zu Rücken, was nicht geht, die Ketten spannen sich schmerzhaft um ihre bereits entzündeten Fesseln.

„Nein, nein, bitte tu mir nichts Henry. Henry ich, bitte nicht, ich bitte dich." Sie sieht einen Funken Menschlichkeit in seinen Augen, Hoffnung keimt in ihr auf.

„Henry, ich heiße Luca, Luca de Vries, wir haben doch so nett geschrieben. Wir wollten uns doch kennen lernen, tu mir doch bitte nichts an. Ich habe gedacht, du magst mich. Wir wollten uns doch kennen lernen, weil wir beide einsam waren."

Luca spricht so schnell, die Worte sprudeln förmlich aus ihr heraus. Dieser kleine Moment in dem Henry sie ansieht als wäre sie eine Frau die er mag reicht aus, um Hoffnung zu schöpfen.

Wahnsinnig irritiert sieht er ihr tief in die Augen, da ist ein ganz neues Gefühl von macht.

Zu entscheiden wann und wie es stirbt ist Alltag.

Aber eine lebende Frau an seiner Seite zu haben die er beherrscht, ist ein neues Machtgefühl. Sie zu töten oder nicht, abhängig davon in welcher Intensität sie um ihr Leben bettelt. Es fasziniert ihn, sie fasziniert ihn, sie ist anders als andere Frauen es waren.

„Bitte Henry, gib mir ein schlug Wasser oder ich sterbe." Ganz bewusst spricht Luca immer wieder seinen Namen aus. Sie versucht eine Verbindung zu ihm herzustellen, um ihm zu gefallen. Damit er sie mag und ihr vielleicht nichts antut, sie vielleicht sogar frei lässt.

Henry ist nicht sein wirklicher Name, aber er akzeptiert ihn für diesen Moment, um seine Anonymität zu wahren.

Dass es ihm ihren Namen verraten hat macht ihn allerdings sehr wütend, verleitet ihn fast dazu, sie zu schlagen. Er will ihre Stimme nicht hören, er will auch keine Beziehung zu ihr aufbauen. Er hatte noch nie eine Beziehung, zu niemand.

Obwohl er in der Vergangenheit beim Chatten so einige Male gewaltige parallelen zwischen ihnen entdeckt hat. Sie hat niemanden, keine Freunde, keine Familie, sie lebt total zurückgezogen. Er hat sie bei einer Lüge erwischt, als sie behauptete ihr Vater sei Tod. Henry hat Nachforschungen angestellt, das tat er immer bei seinen zukünftigen Opfern. Er wusste, dass ihr Vater ein dummer, depressiver Bulle ist. Henry ist ein Meister der Lüge, Luca beeindruckt ihn. Als wäre es selbstverständlich, geht er zum Spülbecken, in der er ein schmutziges Glas mit Leitungswasser füllt. Wortlos reicht er es ihr und verlässt den Raum.

Hastig versucht Luca etwas zu trinken, die Ketten an ihrem Handgelenk reichen gerade bis zu ihrem Mund. Sie kann das Glas nicht leeren, schafft es einfach nicht es hoch genug zu heben.

Henry geht eine alte modrige Treppe hinunter, in das zweite Untergeschoss, das alte Ersatzteillager. Auch hier gibt es keine Fenster in den schmutzigen Betonwänden. Der modrige Raum wird einzig und allein von roten Grabkerzen erhellt.

Dort steht ein schmales Bett mit einer alten Spitzendecke, auf der eine mumifizierte Frauenleiche liegt, die porös und brüchig ist. Der blasse Mann stellt sich ganz nah an das Bett, berührt vorsichtig die Wange des verschrumpelten Frauengesichtes. Ihre vergangene Schönheit ist nicht mehr zu erahnen, ihre liebevolle Art nicht mehr zu spüren. Trotzdem fühlt er sich wieder wie ein kleiner Junge, der seine Mutter über alles liebt. Als er siebzehn war und sein Vater sie vor seinen Augen vergewaltigt und erschlagen hat, wusste er instinktiv was zu tun war.

Der junge Mann schlug seinen Vater Tod und steckte ihn in den Trog mit Innereien, in dem auch er einmal ausharren musste. Nach ein paar

Tagen stank seine verwesende Leiche so bestialisch, dass er etwas unternehmen musste. Es war eine Frage der Zeit, bis seine Eltern vermisst und die Polizei zu Hause auftauchen würde. Er versiegelte das Fass und brachte es hierher, hier in der alten Firma würde ihn niemand suchen. Er beschmierte das Fass von außen mit so viel Silikon, bis es Luftdicht war. Seine Mutter brachte er ebenfalls hierher, er bettete sie auf ihre liebste Tagesdecke. In der Hoffnung das er ihr irgendwie helfen konnte. Irgendwann begriff er, dass sie unweigerlich von ihm gegangen war.

Aber es störte ihn sehr, dass ihr Körper zerfiel denn sie war zu Lebzeiten eine außergewöhnlich schöne Frau und so sollte es auch bleiben.

Er zieht seine Kleidung komplett aus, er möchte nackt vor seine Mutter treten, so wie sie ihn geboren hat. Neben der Eingangstür hängen sechs Ketten, die fest in der Wand verankert sind. Dicke, schwere, schmutzige Ketten, die Metallhacken am Ende haben. Auf seinem Rücken hat er sechs Piercings mit Titan Ringen. Rechts und links der Wirbelsäule entlang, jeweils drei. Die wunden haben sich im Laufe der Jahre schon sehr oft unter der enormen Belastung entzündet. Es haben sich dabei wulstige Narben gebildet, die sich um die Ringe gelegt haben. Er hebt eine der Kette vom Boden auf um sich das Endstück an seinem Piercing einzuhacken. Mit geübten Händen, wie viele Male zuvor, befestigt er alle Ketten an seinem Rücken. Sie reichen gerade so weit, dass sie schmerzhaft an seinen Wunden zerren, während er vor das Bett seiner geliebten Mutter tritt.

Vorsichtig legt er einen frisch gegerbten Hautlappen auf ihren Oberschenkel und setzt sich auf einen Hocker. Wobei er sich weit nach vorne lehnt, um seinem Körper noch mehr Schmerzen zuzufügen. Die alten, teilweise entzündeten Narben, reisen stellenweise leicht ein. Blut läuft ihm den weißen knochigen Rücken hinunter. Nur wenn er schmerzerfüllt ist, kann er ihr die unendliche Reue zeigen. Die er verspürt, weil er ihr damals nicht helfen konnte.

Als sie sich schützend auf ihn warf und die Hunde ihren Rücken zerfleischten. Sein Vater sie nach vielen Jahren der Misshandlungen, tot schlug konnte er einfach nichts für sie tun. Dafür muss er sich jetzt regelmäßig bestrafen, er will die gleichen Schmerzen spüren, immer und immer wieder.

Er näht den Hautlappen, leise vor sich her summend, mit den anderen Hautlappen zusammen. Seine groben Hände sind nicht geschaffen, für eine so feine Handarbeit. Er ist weder feinmotorisch, noch begabt, aber das Ergebnis reicht ihm. Mit schmutzigen Fingern, vernäht er den dicken schwarzen Faden. Jeder seiner Finger wird von einem oder mehreren silbernen gotischen Ringen geziert. Sein gebleichter Körper wirkt fehl am Platz an diesem Ort der Verdammnis. Sein weißes engelsgleiches Haar wirkt wie ein Heiligenschein in dieser Hölle. Er wippt summend, ganz sachte hin und her während er näht. Ein Kinderlied aus jungen Jahren, dass seine geliebte Mutter ihm immer vorgesungen hat. Die Ketten klirren leise aneinander, als wollten sie in sein Kinderlied mit einstimmen und seine Trauer unterstützen.

Oben im Zwinger liegend, kann sich Luca nicht im Entferntesten vorstellen, was sich dort unten abspielt. So wenig sie die letzten Jahre an ihrem Leben hing, umso stärker ist jetzt der Drang zum Überleben. Luca hat mit dem Leben und den Menschen darin abgeschlossen. Sie wollte mit nichts und niemanden etwas zu tun haben, zu groß war der Verlust ihres Vaters. Sie empfand den Tod ihrer Mutter zwar dramatisch, fühlte sich aber von ihrem Vater im Stich gelassen. Ihre Mutter ist unfreiwillig gestorben, sie hat bis zum Schluss um ihr Leben gekämpft, um Lucas und Papas willen.

Aber ihr Vater, den Mensch den sie am meisten gebraucht und am meisten geliebt hat auf dieser Erde, hat sie im Stich gelassen. Und wenn der eigene Vater sie so fallen lassen konnte, konnten das andere Menschen erst recht. Sie wollte einfach niemanden mehr in ihr Leben und ihr Herz lassen, der sie dann verlassen konnte.

Aber jetzt, wo sie dem Tod so nahe ist, will sie Leben.

Sie ist dazu bereit alles zu tun, um hier irgendwie wieder heraus zu kommen.

Phillip hat sich vor zwei Stunden auf den Weg zu Lucas Aushilfsjob gemacht. Die ganze Fahrt über denkt er über den Täter nach. Stellt Fallanalysen im Kopf und fragt sich was ihn dazu getrieben hat so zu werden. Er weiß im Prinzip nichts über dessen Eltern, er muss unbedingt herausfinden, ob es noch Lebende gibt die sie kannten. Dass was Phillip gestern in der Klemmstraße gesehen hat, kannte er bisher nur aus der Theorie, aus Büchern. Er ist schockiert über das was er gesehen und wie sehr sein Körper auf die Situation reagiert hat. Er hat das Restaurant in der Meervlietstraat erreicht und parkt den Wagen. Er bleibt noch einen Augenblick sitzen, starrt in die Ferne und versucht seine Gedanken zu sortieren. Dann verlässt er den Wagen und steuert das Restaurant an.

Es ist schlicht und rustikal, mit einer kleinen Bar im Eingangsbereich, hinter der ein Kellner steht der gerade Gläser poliert.

Phillip holt seine Marke heraus und hält sie ihm kurz entgegen.

„Guten Tag, Phillip von Heinitz mein Name, Kriminalpolizei in Sneek, ich bin auf der Suche nach Luca de Vries."

Der junge blonde Kellner stellt verwundert das Weinglas auf den Tisch und stützt sich auf das Geschirrtuch.

„Wieso? Ich weiß nicht wo sie ist, sie ist auch in den letzten Tagen nicht zur Arbeit erschienen. Erreicht hat meine Chefin sie telefonisch auch nicht."

„Wie heißen sie denn?"

„Tim."

Phillip versucht wichtig auszusehen, während er Tims Namen in ein kleines Notizbuch kritzelt.

„Können sie mir etwas über Luca de Vries sagen? Hatte sie Freunde? Wo ist sie bevorzugt hingegangen? Hat sie mal von einem Partner gesprochen?"

Kopfschüttelnd pustet sich der junge Mann die Ponyhaare aus dem Gesicht. Als wollte er demonstrieren, ganz schwierige Frage.

„Luca ist sehr verschlossen, sie spricht nur das Nötigste. Zu den Gästen ist sie allerdings sehr höflich und kompetent. Sie hat immer sehr viel Trinkgeld bekommen."

Tim zieht die Schultern hoch und schüttelt den Kopf.

„Nein, nichts. Das einzige was ich über Luca weiß, ist das sie studiert, ich glaube an der Universität van Amsterdam."

Phillip weiß, dass er hier nichts über Luca herausfinden wird, verabschiedet sich und macht sich auf den Weg zur Uni.

Sie ist nicht weit von hier, ein paar Minuten später fährt er bereits auf den Parkplatz. Der Campus den er überquert, ist überfüllt von Studenten. Die Sonne scheint, einige Studenten sitzen in kleinen Grüppchen auf den Grünflächen. Andere sitzen vertieft in ihren Büchern allein unter einem Baum, oder auf den Stufen zum Gebäude. Phillip fragt sich, ob der Mörder oder sich vielleicht auch andere Unmenschen hier herumtreiben. Er beobachtet einen jungen sportlichen Mann der mit einer offensichtlich sehr schüchternen Frau spricht.

Phillip fragt sich wie viele Menschen frei herumlaufen, sie zum Morden imstande wären, wenn sie die Möglichkeit dazu hätten. Wenn sie wüssten, dass sie nicht erwischt werden und niemals dafür bestraft werden. Es fällt Phillip zunehmend schwerer, das Gute im Menschen zu sehen. Es brauch nur einen Auslöser und freundliche Menschen schlagen ins Gegenteil um.

Der Weg zum Sekretariat ist gut ausgeschildert. So wie er diesen Riesenraum mit langer Theke betritt, steht er im Chaos. Die Wände sind überfüllt mit Flugblättern und Informationen übersät. Die Studenten stehen hier an der Theke um Kurse zu belegen, oder andere Dinge zu organisieren. Phillip stellt sich kurz vor und fragt nach den Kursen die Luca belegt hat. Die Mitarbeiterin scheint auch eine Studentin zu sein, sie ist sehr jung und bildhübsch. Sie sieht im PC nach und macht einen Ausdruck von Lucas Kursbelegung. Der alte Drucker surrt laut vor sich hin, die Sekretärin händigt Phillip einen stark nach Druckerfarbe riechenden Zettel aus Recyceltem bräunlichen Papier aus. So wie die junge Frau sich wieder ihrem Schreibtisch zuwendet, betrachtet Phillip das Gespräch als beendet. Er läuft über den Campus, sucht den ersten Kurs der gleich stattfindet. Er hat Glück, es ist nur ein normales Klassenzimmer und kein großer Hörsaal. Im Flur stehen ungefähr dreißig wartende Studenten mit Büchern und Taschen im Arm. So ziemlich alle Personen in diesem Flur sind in gewisser Weise Typen. Dort stehen die Sportler, die Prinzessin mit Anhang, die Coolen, der Nerd, und andere. Lucas Profil passt zu keinen der jungen Menschen hier, die irgendetwas verkörpern wollen.

Ein einziges Mädchen, das auf den Stufen des Treppenhauses sitzt kommt überhaupt nur in Frage. Sie ist unscheinbar, fällt durch ihre schlichte Kleidung, langweiliger Haarfarbe und nicht vorhandenem Style, kaum auf. Phillip schlängelt sich durch den Flur zum Treppenhaus. Selbst als er direkt vor ihr steht, blickt sie nicht auf und sieht ihm auf die Schuhe.

„Hallo, ich bin Phillip, ich suche Luca."

Verwundert, dass sie angesprochen wird, sieht sie ihm direkt ins Gesicht.

„Ich weiß nicht wo sie ist."

„Wann hast du sie denn das letzte Mal gesehen?"

„Wieso?"

„Ich bin von der Polizei, sie ist verschwunden."

Das Mädchen reagiert erschrocken, ihr Hals und Ihre Wangen röten sich.

„Wie? Verschwunden!"

„Sie wird vermisst, weißt du mit wem sie hier Kontakt hatte, oder ob sie mit jemanden gesprochen hat?"

„Nein, sie ist mit niemand hier befreundet. Manchmal haben wir miteinander gesprochen, aber da ging es immer um unser Studium. Privat haben wir nichts geredet."

„Hast du niemals beobachtet, dass sie hier mit irgendjemandem, oder mit einem Mann gesprochen hat?"

„Nein."

Phillip glaubt ihr, sie wirkt sehr ehrlich. Er holt das zusammen gefaltete Blatt Papier aus seiner Jackentasche auf dem das gezeichnete Phantombild zu sehen ist.

„Kennst du diesen Mann?"

Ihre Augen weiten sich für einen Augenblick, dann sieht sie Phillip hilflos an.

„Ich glaube das ist unser Hausmeister."

Phillips Puls beschleunigt sich, das ist ein Durchbruch. Er bedankt sich und macht sich ohne Umwege direkt auf dem Weg zurück zum Sekretariat.

Dort sitzt eine andere Studentin als gerade noch, eine junge Frau mit langen dunklen Haaren.

„Hallo, ich bin von der Polizei, ich hätte gerne schnell die Adresse ihres Hausmeisters, wie heißt der bitte?" Während er spricht zeigt er kurz seine Polizeimarke um sich auszuweisen. Mit nach oben gezogenen Augenbrauen setzt die Studentin sich an den PC und sucht die Kontaktdaten des Hausmeisters heraus.

„Freiherr, er heißt Freiherr, hier ist aber keine Wohnadresse angegeben."

Phillip geht durch die Schwingtür und stellt sich hinter die Studentin.

„Verdammt! Was hat er denn für Arbeitszeiten? Ist er im Moment im Dienst?"

Die Studentin sieht nach den Dienstplänen und erhält die Meldung, dass Herr Freiherr seit neun Tagen unentschuldigt nicht mehr zur Arbeit erschienen ist.

„Eine Telefonnummer?"

„Nein, ist auch nicht hinterlegt."

„Wie kommunizieren sie denn mit ihm? Wie bekommt er den seine Gehaltsabrechnungen?"

„Die bekommen hier alle Angestellten in ihr Postkörbchen gelegt."

„Wo sind diese Postkörbchen?"

Die Studentin nickt mit dem Kopf zur gegenüberliegenden Wand.

„Dort drüben."

Phillip geht sofort zu den Körbchen und findet es auf Anhieb.

Er berührt zunächst nichts, nimmt sein Handy und ruft bei der SpuSi an, um ein Team hierher zu bestellen. Die zwei Briefe darin liegend sehen unspektakulär aus, dennoch hofft er Fingerabdrücke an dem Postkörbchen zu finden die mit dem mutmaßlichen Täter übereinstimmen.

Dann schellt sein Handy.

„Ich bin's Tjark, wir haben einen Volltreffer beim Datenabgleich des Gesichtes. Der Drecksack wohnt mitten im Rotlichtviertel in Amsterdam, ein Thomas Freiherr. Er ist mit siebzehn Jahren mal auffällig geworden, wegen Betruges."

„Ich bin in Amsterdam, an der Uni von Luca, der arbeitet hier als Hausmeister. Hat sich aber schon seit neun Tagen hier nicht mehr blicken lassen."

„Wir sind mit elf Wagen unterwegs in die Wijde Kerksteeg, das ist am Oedekerksplein, eine Gasse neben der Kirche im Redlight District. Die Jungs vom SEK sind bis an die Zähne bewaffnet. Jetzt holen wir uns das Schwein, komm so schnell wie möglich dahin und warte auf unsere Wagen."

„Bin schon unterwegs."

Während Tjark spricht hat Phillip sich bereits auf den Weg zu seinem Wagen gemacht. Er gibt die Wijde Kerksteeg in sein Navi ein und fährt los.

Es regnet stark als Phillip zeitgleich mit dem SEK-Team in die Oudekerksplein fahren. Auf der rechten Seite befinden sich die kleinen Türen mit rot beleuchtetem Glas hinter der Prostituierte stehen und nervös die Polizeiwagen beobachten. Die bunte Menschenansammlung von Touristen, Freiern oder Travestierten weichen zur Seite. Quetschen sich zwischen die Tische, die vor den vielen kleinen Kneipen stehen. Jeder hier, sieht gespannt zu was jetzt passieren mag, einige suchen die Flucht. Ein dicker alter Pup Besitzer steht vor dem Stone Café und fragt sich was dieses riesen Aufgebot von Polizei nur soll. Es vertreibt die Kundschaft und schadet dem Geschäft. Tjarks Scheibenwischer läuft auf schnellster Stufe und trotzdem, kann er kaum etwas sehen. Das verdreckte Wasser läuft wie Teer über das Holprige Kopfsteinpflaster der Fußgängerzone, Richtung Kanal. Das trübe Regenwasser spritzt an die Wand des nahen gelegenen Gebäudes, als Phillip den Wagen anhält. Wie Ungeziefer, das sich über diesen schrecklichen Ort hermachen und ein Zeichen setzen will, läuft das Wasser die alte rote ziegelwand hinunter.

Sowie sich alle Wagen in dieser dunklen Straße positioniert haben, weichen auch die Prostituierten, die neugierig ihre kleinen weiß gefliesten Räume verlassen haben. Wunderschöne Frauen, aus aller Herrenländer, in Spitze, Lack oder einem Hauch von nichts, stehen in der Wijde Kerksteeg auf ihren High Heels. Verlockend Jung, mit perfekten Körpern und Haaren, winken sie jeden jungen Mann zu sich. Einige Polizisten sind noch damit beschäftigt den Bereich großräumig abzusperren, um weitere Personen nicht in Gefahr zu bringen. Während das Sondereinsatzkommando, gefolgt von Björk und seinem Team bereits das Gebäude stürmt. Eine kleine unscheinbare Haustür, inmitten der rot beleuchteten Glastüren. An der sechs Klingelschilder den Hinweis auf Menschen gibt, die diese Gegend hier ihr zu Hause nennen, wird ohne Vorwarnung aufgebrochen. Holzsplitter fliegen wie kleine Geschosse in die viel zu enge Gasse. Mit einem lauten Rumps knallt sie gegen die Treppenhauswand, wird direkt mit einem Keil fixiert. Blitzschnell laufen die Jungs die Stufen hinauf, voll konzentriert und Kampfbereit. Die steile Holztreppe in dem engen Treppenhaus, knarrt und ächzt unter dem schweren Gewicht des Teams. In der zweiten Etage positionieren sich schwer bewaffnete Männer, bevor sie die Tür des verdächtigen mit einem Tritt aufbrechen. Die in schwarz gekleideten Jungs vom SEK gehen mit ihren kugelsicheren Westen und Ihren Schutzhelmen voran. Sie sichern Schritt für Schritt jeden der dunklen Räume. Die Luft hier drinnen ist stickig und riecht unangenehm. Kein Lichtschalter funktioniert, alle Fensterscheiben sind mit schwarzer Farbe angestrichen.

Die taktischen Lichter der Schusswaffen geben preis, was niemand sehen möchte. Was verborgen bleiben sollte, was einfach nicht existieren sollte.

Selbst gebaute Holzregale kleiden jede Wand hier in dem vorhof der Hölle. Sie sind von oben bis unten mit Gläsern gefüllt, in denen Leichenteile in einer klaren Flüssigkeit schwimmen.

Jeder im Team spürt die Grausamkeit, die hier über Jahre hinweg geschehen sein muss. Niemand hat so etwas zuvor gesehen, keiner spricht auch nur ein Wort.

Sie sind alle gebannt von der Abartigkeit, in dieser kleinen Wohnung. Das SEK betritt einen etwas größeren Raum, der von einem Leuchtenden umgekehrten Kreuz erhellt wird. Das ungefähr zwei Meter groß ist und an der Wand hinter einem altarähnlichen Sideboard steht. Daneben sitzt eine mumifizierte Leiche in einem von Ungeziefer zerfressenen alten Sessel. Es wird schnell klar, dass dieser Mensch hier, eines nicht natürlichen Todes gestorben ist. Das gesamte Team steht bewegungslos in der kleinen Wohnung verteilt. Staub wirbelt im taktischen Licht umher, taucht das hier geschehene in eine unendliche Anreihung von Grausamkeiten, die sich kein Mensch erklären kann. Einer der gestandenen Männer des SEK geht in die Knie und versucht regelmäßiger zu atmen, ein anderer zieht seine Maske vom Gesicht und erbricht im Flur. Tjark fühlt sich einer Ohnmacht nahe, sein Herz rast, seine verzweifelte Atmung passt sich seinem Gesichtsausdruck an. Jede Faser in seinem Körper schreit verzweifelt, zieht aggressiv an seinen Nervensträngen.

Es vergeht ein Moment der absoluten Stille, bis Björk einen Weg gefunden hat sein gelähmtes Sprachzentrum wieder in Bewegung zu setzen.

„Holt mal einer ein paar Flutlichter aus den Bussen und seht euch mal den Hauptverteiler an, damit wir in dieser Drecksbude Licht bekommen. Ich will, dass ihr hier jeden Zentimeter untersucht." Sogar Björk, der schon so einiges gesehen hat, verhält sich eingeschüchtert. Dies hier übersteigt seine Schmerzgrenze bei weitem.

Innerhalb von fünfzehn Minuten haben die Kollegen eine Stromleitung vom SEK-Bus hoch in die Wohnung gelegt und mehrere Flutlichter so verteilt, dass auch die letzte Ecke zu erkennen ist. Was die ganze Sache nicht besser macht, den jetzt wird dem gesamten Team das Ausmaß der Grausamkeit und dem Dreck an diesem Ort bewusst.

Die Jungs von der SpuSi kommen mit ihren weißen Anzügen herein, um das SEK einheitlich abzulösen. Wortlos und erleichtert, dass sie gehen dürfen, rücken die schwer bewaffneten Männer ab.

Das SpuSi-Kommando hat in ihren weißen Anzügen noch nie so fehl am Platz gewirkt wie heute. Wie Engel in weißen leuchtenden Gewändern, stehen sie inmitten eines höllengleichen Ortes, der mit nichts zu vergleichen ist.

Schockiert und stumm, können sie nicht glauben was sie sehen.

Hunderte von staubigen Einmachgläsern stehen mit menschlichen Überresten in den übervollen Regalen herum. Spinnen haben sich diesen Ort mit ihren Netzen zu Eigen gemacht. Ungeziefer krabbelt über Schmutz, Dreck und Rattenkot. Der das hier getan hat, muss versucht haben die schwarzen Nagetiere auszulöschen. Vergiftet liegen die von Maden zerfressenen Kadaver überall achtlos herum.

Einer der SpuSi hockt sich vor die Leiche im Sessel und spricht in seiner Verzweiflung zu sich selbst. Seine langen fusseligen Haare hängen dem Toten wie zerrupfte Glasfasern vom Kopf

„Eisenketten haben sich in die mumifizierte Leiche gedrückt, mit denen das Opfer gefesselt wurde. Er war nackt als er starb, er muss Monate an den Sessel gekettet gewesen sein, ohne für das Nötigste aufstehen zu dürfen."

Er leuchtet mit einer kleinen LED, auf das Sitzkissen des Sessels. Auf dem sich vertrocknete Fäkalien und Insektenkadaver befinden.

„Die Tiere müssen sich bei lebendigem Leibe, in seiner kompletten Sitzfläche eingenistet haben. Sich durch seinen Körper gefressen und ihn somit auch vergiftet haben. Er muss unsägliche Schmerzen vor seinem Tod gehabt haben."

Der SpuSi Techniker ist neunundfünfzig Jahre alt und hat nichts Vergleichbares in seinem Leben gesehen. Er richtet sich wieder auf und dreht sich zu Björk, der immer noch entsetzt auf die Leiche starrt.

„Genaueres kann ich erst nach ersten Untersuchungen der Leiche sagen. Es wird wahrscheinlich Wochen, wenn nicht Monate dauern, um die ganzen Leichenteile aus den Gläsern zu beschreiben."

Björk nickt nur stumm und sieht sich weiter im Raum um.

Vor dem umgedrehten Kreuz, steht ein kleiner Altar, auf dem sehr alte Fotos einer jungen Frau stehen. Ohne etwas zu berühren, sieht er sich die Fotos näher an und fragt sich welche Rolle diese Frau spielt. Ein fast verblichenes, gelbliches Polaroid Bild zeigt eine gerade Mutter gewordene Frau mit zwei Säuglingen auf dem Arm. Sie liegt noch im Krankenhaus, eine Krankenschwester steht neben dem Bett.

Phillip durchläuft alle Räume, zieht sich währenddessen Einweghandschuhe an. Er geht in einen anliegenden Folterraum, Ketten und Fesseln hängen von der Decke. Ein rostiger Metalltisch steht mitten im Raum, es stinkt bestialisch nach Verwesung. An einer Wand hängen unzählige Messer, Sägen und Zangen. Er interpretiert die Dinge die er sieht ein bisschen anders. Nicht aus der Sicht des Polizisten, die den Täter als Schuldigen sucht. Sondern aus der Sicht des Täters, in der Rolle des Opfers. Phillip weiß, dass der Mörder ein Motiv hat, das aus seiner Kindheit stammen muss. So tief verankerte Probleme und tiefsitzende Ängste können nur als Soziopath enden. Obwohl der Verantwortliche für diese Taten als Täter beschrieben wird, sieht Phillip in ihm auch ein Opfer. Und das hilft ihm ein Profil zu erstellen, um mehr über diesen jungen Mann zu erfahren. Phillip ist erschüttert und fasziniert zugleich, denn diese wird wahrscheinlich in die dunkele Geschichte der Menschheit eingehen. Er versucht sich in den Täter hinein zu versetzten, versucht zu sehen was er gesehen hat. Warum er es so gesehen hat. Und warum er es so wollte. Was treibt ihn an? Woher kommt er? Was ist mit seinen Eltern wirklich geschehen? Warum wurden sie nie gefunden?

Phillip ahnt böses.

Und er muss sich beeilen, er muss ihn fassen, so schnell wie möglich.

Er geht zu der Wand nimmt ein Messer, dreht sich zu dem Tisch und stellt sich vor, wie er hier einen Menschen zerteilen würde. Was dann? In Gedanken überlegt er sich was er hier tun würde. Wo er die Teile hinschaffen würde, wohin mit dem was er nicht brauchen würde?

Er legt das Messer auf den Tisch, verlässt den Raum wieder und geht zurück in den Flur. Er überlegt kurz, dann steuert er die ehemalige Küche an. Sie ist außergewöhnlich schmutzig, voller Unrat. Er öffnet den Kühlschrank, er ist aus, nichts befindet sich darin. Er zieht eine Schublade auf in der er einen alten Besteckkasten vorfindet. In einer weiteren Haushaltsutensilien wie Aluminiumfolien und Tüten. Alles Schreckliche in diesem Haus interessiert ihn nicht, er will das alltägliche finden. Sucht nach irgendeiner Spur des normalen Lebens. Phillip geht zurück in das Wohnzimmer mit dem Altar, öffnet die darunter befindliche Schublade.

Dort liegen Versicherungsunterlagen, Geburtsurkunden und ein Reisepass. Er öffnet ihn und sieht sich das Foto darin an, Herr Freiherr sieht dem gesuchten Verdächtigen wirklich sehr ähnlich. Er vergleicht es mit der Leiche im Sessel, schätzt die Größe des Opfers ein. Der Pass ist seit langem abgelaufen, er wurde ewig nicht benutzt.

„Etwas gefunden?"

Tjark steht neben Phillip, sieht in den Pass und hat das Gefühl, in das Gesicht des Mannes aus dem Krematorium zu sehen.

„Er hat die Identität dieses Mannes angenommen und das vor über zwanzig Jahren. Ich muss ins Büro zum Recherchieren, ob und wann er in irgendeiner Form in Erscheinung getreten ist. Wie hat er hier weiter die Miete gezahlt, wo kam das Geld her? Hat er auch die Krankenkassenkarte in Anspruch genommen?"

Dann nimmt er das Foto von dem Altar, auf dem eine Frau zwei Babys auf dem Arm hält. „Die Ähnlichkeit der Babys auf ihrem Arm ist bemerkenswert, es müssen Zwillinge sein."

Phillip spricht eigentlich mit sich selbst, sieht Tjark plötzlich flehend an.

„Kannst du dich hier um alles kümmern? Ich habe genug gesehen, ich muss an meinen PC."

Tjark nickt nur, entsetzen und ekel spiegeln sich in seinem Gesicht.

Phillip klopft ihm auf die Schulter und sieht ihm ernst in die Augen.

„Wir werden deine Tochter finden, ich glaube nicht, dass sie Tod ist. Wenn dem so wäre, hätte er sie uns schon längst präsentiert."

Luca sitzt auf einem Stuhl gefesselt, als sie wach wird. Ihr Mund ist nicht abgeklebt und sie trägt ein langes geblümtes Kleid. Sie weiß überhaupt nicht wie sie hierhergekommen ist, sie muss eingeschlafen sein, oder er muss sie betäubt haben. In dem Raum in dem sie jetzt sitzt war sie auch noch nicht. Nervös schaut sie sich um, versucht ihre Atmung zu beruhigen. Der Raum ist voll roter Grablichter, es ist hier unten warm und stickig. So wie sich ihre Augen an das schummrige Licht gewöhnen, erkennt sie das Bett das mitten im Raum steht und den darin liegenden Körper.

„Ohh mein Gott, nein, was ist das?" Luca sieht eine Leiche die mit einem hellen Tuch zugedeckt ist. Ihr Gesicht ist vertrocknet, das Gebiss steht unnatürlich weit hervor.

Luca dreht fast durch vor Angst, sie kann nicht glauben was sie da sieht. Sie weint leise, hofft, dass er nicht zurückkommt und sie hier vergisst oder übersieht, wenn sie ganz still ist.

Aber dem ist nicht so, wie aus dem Nichts tritt er aus einer dunklen Ecke hervor. Luca schreit, versucht hysterisch mit dem Stuhl an dem sie gefesselt ist zurück zu rücken.

„Was willst du von mir?"

Er geht so weit auf sie zu, dass er ihren Hals berühren kann. Sanft streicht er an ihm herab, bis tief in ihr Kleid hinein.

In Luca zieht sich alles zusammen, Angst, Eckel, Abscheu und Panik, gemischt mit Gefühlen des Abstoßens. Noch nie hat eine Berührung sie so sehr angewidert, dass sie vor Wut hätte schreien und erbrechen können.

„Lass mich los du Bastard."

Luca schreit ihn so sehr an, dass sie dabei spuckt. Unbeirrt gleitet seine kalte Hand weiter in ihrem Kleid hinunter, bis er ihre Brust berührt. Luca kann nichts machen, sie kann sich mit ihren auf den Rücken gebogenen Armen einfach nicht wehren und muss das über sich ergehen lassen. Tränen laufen ihr über das schmutzige Gesicht.

„Wieso zierst du dich so? Das ist es doch was du wolltest, oder weshalb wolltest du dich mit mir treffen?"

„Hör auf, bitte!" Luca weint, sie dreht fast durch. Noch nie hat sie jemanden so sehr gehasst wie diesen Menschen hier, nicht einmal ihren Vater.

„Mein Dad ist Polizist, er wird mich sicher schon sehr vermissen und mich suchen."

Er nimmt seine Hand aus ihrem Kleid und lächelt sie höflich an.

„Das weiß ich, deswegen bist du ja auch hier. Als du geschrieben hast das deine Eltern bereits Tod sind, wusste ich das du mich anlügst!"

Bei dem letzten Wort schreit er aus Leibeskräften und schlägt Luca ins Gesicht.

„Du wirst mich nie wieder anlügen, du wirst eine treusorgende, liebevolle Mutter und Ehefrau sein."

„Was?"

„Ja, du wirst meine Ehefrau sein und meine Mutter wird das bezeugen." Er geht zu dem Bett hinüber, in der seine Mutter seit über zwanzig Jahren liegt und zieht das weiße Laken weg.

Luca sieht den mit Hautlappen geflickten Körper.

„Was hast du mit ihr gemacht? Was hast du getan?" Luca schreit so hysterisch, dass er Luca anschreit.

„Sei still, sie schläft."

Luca wird plötzlich ganz still, sie erfasst den Wahnsinn der sich hier in diesem Keller erbricht. Selbst in den schlimmsten Horrorfilmen hat sie so etwas nicht gesehen und plötzlich sitzt sie mitten drin in diesem Albtraum. Sie weiß, dass sie sterben wird, wenn sie sich jetzt nicht zusammenreißt und mitspielt.

„Man schlägt seine Frau aber nicht.", wimmert sie.

Henry hat sich bereits zum Gehen abgewandt, verharrt in seiner Bewegung wie eine Statue.

„Was hast du da gerade gesagt?" flüstert er.

„Wenn du möchtest, dass wir glücklich werden, darfst du mich nicht schlagen und mich nicht anschreien!" sagt sie herausfordernd.

„Doch das tuen Ehemänner, wenn ihre Frauen nicht gehorchen. Und du wirst ab sofort gehorchen und machen was ich von dir verlange."

Er dreht sich um und verlässt den Raum für einen Augenblick.

Als er wieder zurückkommt, hält er einen menschlichen Hautlappen in der Hand. Den er behutsam zum Bett seiner Mutter trägt.

Jetzt wird das Ausmaß seiner Geistesgestörtheit auch noch sichtlich. Der ganze Körper besteht aus zusammengenähten Hautlappen. Er legt den neuen frischen Hautlappen neben die Leiche. Nimmt eine kleine OP-schere von dem Nachtschränkchen und löst die Nähte eines bereits dunkel gewordenen Hautlappens im Bereich des Oberschenkels. Als er damit fertig ist wirft er ihn achtlos auf den

Boden, um den neuen Hautlappen auf die ausgelöste Stelle zu legen. Er lächelt glücklich, denn er passt von der Größe und Farbe optimal. In der Schublade unter dem Nachtschränkchen sucht er nach seiner chirurgischen gebogenen Nadel. Er summt leise vor sich her, während er den Hautlappen sorgfältig mit den anderen vernäht.

Luca starrt auf das, was er jetzt macht. Logisches Denken gelingt ihr einfach nicht mehr, jeder Gedankengang bricht ab. Rasende Kopfschmerzen machen sich in ihrem Kopf breit, sie fängt an zu schwitzen als wäre sie einen Marathon gelaufen. Ihr Herz rast schnell und ihr wird so übel, dass sie sich übergibt. Immer wieder würgend, nimmt sie ihn nur noch wie durch einen Filter wahr. Er schüttelt sie und sagt irgendetwas, sie nimmt es nicht richtig wahr und es ist ihr auch plötzlich alles egal. Sie fühlt sich wie in einer Blase, umgeben von dumpfer stickiger Luft, die nichts mehr zu ihr durchdringen lässt.

Er löst ihre Fessel und hebt sie von dem Stuhl, dann legt er sie einfach auf den Boden und geht weg.

Nach kurzer Zeit kommt er zurück und öffnet ihren Mund, um ihr sein eigenes Medikament mit dem Wirkstoff „Anxiolytika" in den Mund zu legen.

Die posttraumatischen Störungen unter denen er seit seiner Kindheit leidet, sind so intensiv. Das er akute Belastungsreaktionen eines Menschen sofort erkennt. Luca ist nicht das erste Opfer mit diesen Symptomen. Sie hatten alle einen Nervenzusammenbruch und es war ihm immer egal.

Bei Luca ist das anders, er hat eine Bindung zu ihr aufgebaut. Er empfindet zwar keinerlei Mitleid oder Empathie. Aber sie interessiert ihn, sie ist anziehend und es regt sich etwas in ihm, was er noch nicht gefühlt hat und auch noch nicht einordnen kann.

Er weiß auch noch nicht was er mit Luca machen wird, aber sterben soll sie im Moment noch nicht. Völlig apathisch lässt sie alles über sich ergehen, wehrt sich nicht, als er ihr das voll gekotzte Kleid über den Kopf zieht. Es schmerzt sie auch nicht, dass er sie an den Füßen packt und mit nacktem Körper über den schmutzigen Boden zieht. Kleine Steinchen und Schmutz reiben sich in ihren wunden Rücken. Ihr offenes Haar wirkt wie ein Besen, der jeglichen Schmutz mit sich zieht und eine Spur im Raum hinterlässt. An den Stufen angelangt, zieht er sie einfach weiter hinauf. Ihr Kopf stößt ungebremst an jede Stufe, ihr nackter schmutziger, schlaffer Körper wirkt tot. Oben angekommen zieht er sie in das alte Badezimmer, wo er sie unsanft in die verschmutzte Badewanne setzt. Zum ersten Mal überhaupt betätigt er die uralte Armatur, aus der braun rostiges kaltes Wasser fließt. Er steckt den schwarzen Stöpsel in den Ausfluss und legt ihren Kopf hoch. Damit er auf dem Wannenrand liegt und sie nicht ertrinken kann. Dann verlässt er das Bad.

Ihr Zustand ist akut, sie wirkt auffällig betäubt und starrt die Fliesen zu ihrer linken an. Dann schnellen Ihre Hände nach oben, zappeln willkürlich durch die Luft, als würde sie ein Orchester dirigieren. Das kalte Wasser fließt so schnell, dass die Wanne sich schnell füllt. Lucas Körper fängt unter den enormen Strapazen an zu zittern. Ihr Körper erschlafft, gleitet so tief in das kalte Wasser, bis es ihren Mund erreicht und sie trinken kann. Gierig trinkt sie von dem schmutzigen Wasser, solange bis ihr es bis zur Nase reicht und sie nicht mehr atmen kann.

Sie rutscht immer tiefer in das kalte schmutzige Wasser, sieht die kleinen Schmutzteilchen vor ihren Augen lustig umher tanzend. Der Schmutz fügt sich zu Bildern zusammen, sie sieht ihre Mutter. Sie lacht herzlich laut, nimmt Luca in die Arme und wirbelt sie herum. Ihr Vater kommt ins Wohnzimmer, nimmt beide in die Arme und küsst sie. Luca hüpft glücklich zu ihrem geliebten Vater auf den Arm, der sich mit ihr auf die gemütliche Couch wirft um sie durch zu kitzeln. Lucas Herz erwärmt sich, sie ist so glücklich wieder Kind zu sein. Obwohl sie ihre Mutter sehr geliebt hat, war ihr Vater immer schon ihr ein und alles. Nichts auf der Welt hat sie so sehr geliebt wie ihren Papa. Es wird ganz warm in dem kalten Wasser, Luca verspürt weder Schmerz noch Trauer. Ein lauter Klang in ihrem Inneren katapultiert sie an einen besseren Ort, es ist hier warm, hell und trocken. Sie sieht auf ihre nackten Füße herab und läuft glücklich dem hellen ersehnten Licht entgegen. Nichts kann sie aufhalten, sie weiß instinktiv, dass dort ihre Mama auf sie wartet.

Ganz plötzlich, wird sie wie von einem Orkan zurück gerissen, jemand zieht an ihren Schultern und ihren Haaren, die Wärme verschwindet. Ihre Lungen schmerzen, sie wehrt sich, wirbelt wild mit ihren Händen herum. Ihre Lungen wehren sich gegen das Wasser, das sich in ihnen gesammelt hat. Ein Hustenkrampf bis hin zum Erbrechen, holt sie wieder zurück in die Realität. Zurück auf den schmutzigen, kalten

Boden des Badezimmers, auf dem sie nun nackt liegt. Er hat sie so brutal aus der Wanne gerissen, dass es schmerzt. So wie sie Ihre Augen öffnet, wird sie auch schon geschlagen, sie klammert ihre Arme instinktiv zum Schutz um ihren Kopf.

Dann hört es auf, er hört auf sie zu schlagen. Er wickelt sich ihre langen Haare um die Hand und zieht sie grob durch den Raum. Luca wehrt sich nicht. Mit schlaffen Gliedern, ohne jegliche Schmerzempfindung, lässt sie sich von ihrem Peiniger durch den dreckigen Flur zurück zum Zwinger schleifen. Bevor er das Gitter schließt, schmeißt er ihr ein weißes Kleid entgegen und brüllt sie an.

„Zieh das an, ich komme morgen wieder."

Mit diesen Worten schmeißt er die Tür ins Schloss und geht.

Luca weiß nicht ob es Tag oder Nacht ist, sie weiß auch nicht wie lange sie schon hier unten ist. Ihre Lungen brennen von dem Wasser, ihr ist so kalt, dass ihr ganzer Körper anfängt zu zittern. Noch nie in ihrem Leben war ihr so kalt gewesen wie jetzt. Mit zittrigen Fingern und abgebrochenen Nägeln versucht sie den Einstieg zum Kleid zu finden. Das schummrige Licht der Lichterkette spendet kaum Helligkeit, sodass sie das Kleid ertasten muss. Sie zieht es nicht aus Angst vor ihm an oder um ihm zu gehorchen. Sondern einfach nur aus dem Grund, dass sie fürchterlich friert. Es dauert eine gefühlte Ewigkeit, sie hat schon fast die Hoffnung aufgegeben, dieses Kleid in der Dunkelheit anziehen zu können. Die Bemühungen zahlen sich aber aus, ihr ist nicht nur durch das Kleid, sondern auch durch die Bewegung ganz warm geworden. Sie versucht den Reisverschluss am Rücken zu schließen, streicht mit ihren wunden Händen über die Perlen besetzte Korsage. Das Rauschen des weit ausgestellten Rockes gibt Gewissheit, sie hat ein Brautkleid an.

Das komplette Team der SpuSi, eine Hand voll Polizisten und Tjark haben alles getan, was man an so einem Ort nur machen kann. Sämtliche Leichenteile wurden zur Forensik ins Institut gebracht. Über tausend Beweise fein säuberlich beschriftet und eingetütet, bis auch das letzte Einmachglas aus dem Regal entfernt wurde. Die Leiche haben sie so gut es ging aus dem Sessel gelöst, um sie dann so geknickt wie sie ist, in die Pathologie zu bringen. Anhand des noch komplett erhaltenen Gebisses konnte der Leichnam schnell als Thomas Freiherr identifiziert werden, der hier im Sessel zu Tode gefoltert wurde. Es wird wahrscheinlich Wochen, wenn nicht sogar Monate dauern, bis die unzähligen menschlichen Überreste anhand ihrer DNA bestimmt und zugeordnet werden können. Das ganze Team macht Überstunden, ohne sich zu Beschweren. Jeder hier möchte diesen Menschen fassen, der das zu verantworten hat. Dass er Mandy ermordet hat und Luca verschwunden ist, hat es natürlich zu einer persönlichen Sache der kompletten Einheit gemacht.

Björk hat Verstärkung aus dem ganzen Land angefordert. Es werden ein Dutzend Container neben das Institut in Sneek aufgebaut, um so viel Arbeitsplatz wie möglich zu schaffen. forensische Psychiater aus allen Himmelsrichtungen reisen an um das Team zu unterstützen.

Phillip hat währenddessen die ganze Nacht gearbeitet, er hatte in der Wohnung eine Idee und kann einfach nicht aufhören zu arbeiten. Der Kaffeeautomat der Wache ist in diese Nacht sein bester Freund.

Er hat in der Wohnung nicht die Leichenteile gesehen, er hat vielmehr auf die Arbeitsweise des Mörders geachtet. Auf die fein säuberliche Arbeit die er geleistet hat, seinen Fetisch. Phillip ist aufgefallen, dass er nur ein und dieselben Einmachgläser benutzt hat. Sie sind zwar alle sehr zu gestaubt, stehen aber alle gerade nebeneinander mit dem Verschluss zur linken Seite. Die Regale sind alle von demselben Hersteller. Es muss dem Mörder einiges an Zeit und Geduld gekostet haben. Phillip sucht nach dem Hersteller und wo sie hier in Amsterdam verkauft werden. Er hat bemerkt wie egal und schmutzig das Umfeld ist, das es seine Opfer nicht wert sind. Nur er und seine Bedürfnisse zählen, nicht die der Opfer. Er empfindet überhaupt keine Empathie für seine Mitmenschen. Phillip interpretiert das Maximum an Machtgefühl und in diesen Ort hinein. Diese Wohnung ist nicht nur ein Lager für seine Schandtaten, sie ist sein Schrein, ein heiliger Ort für ihn. Das umgedrehte Kreuz bedeutet, das er mit Gott und der Welt abgeschlossen hat. Er muss in einem starken Konflikt mit dem Christentum stehen. Phillip vermutet, dass er aus einer streng katholischen Familie kommt. In der kompletten Geschichte der Menschheit, hat Phillip noch nichts Vergleichbares gelesen oder gehört. Nichts kommt dem auch nur ansatzweise nahe, was er heute sehen durfte. Phillip ist noch jung, er hat auch noch keine eigenen Erfahrungen gesammelt. Aber in der Theorie war er mit Abstand der beste im ganzen Jahrgang und jetzt will er alles geben um Ihn zu fassen. Er findet drei baumarktähnliche Geschäfte, die dieses Regalsystem verkaufen. Morgens um sechs macht er Feierabend, fährt zu seiner Wohnung um zu duschen und etwas zu essen. Er weiß das jeder hier im Team sehr beschäftigt ist und macht sich für seine erste Recherche alleine auf den Weg. Auf gutes Glück, steuert er den ersten Baumarkt auf seiner Liste an, um Informationen zu sammeln. Im Eingangsbereich gibt es eine Information die er ansteuert.

„Guten Morgen, von Heinitz mein Name ich hätte gerne ein paar Informationen zu diesem Regal." Nachdem er der jungen Frau seine Dienstmarke gezeigt hat, legt er ihr einen Ausdruck des Regalsystems auf den Verkaufstresen.

Die junge Frau errötet als sie Phillips Dienstmarke sieht, sie ist sichtlich nervös. Aber das sind viele Menschen, die von einem Polizisten befragt werden.

„Ja, was möchten sie denn wissen."

„Können sie in ihrem Computer nachsehen ob eine Person ca. zwanzig dieser Regale gekauft hat?"

„Hmm, ich kann ja mal versuchen..."

Sie tippt sofort in ihrem Programm herum, es dauert nur einen kleinen Augenblick.

„Ja tatsächlich, ein Herr Freiherr hat hier achtzehn solcher Regale gekauft. Aber nicht alle auf einmal, an verschiedenen Daten."

„Wann denn?" Phillip ist so aufgeregt, dass er hinter den Tresen tritt.

Die junge Frau macht ihm direkt ein bisschen Platz so dass er besser sehen kann.

Sie scrollt mit der Maus immer weiter herunter, springt zur nächsten Seite.

„Der hat hier auch ziemlich viel Farbe gekauft, in allen möglichen Farben, Pinsel, Kanthölzer." Die junge Frau spricht eigentlich mit sich selber als mit ihm.

„Möchten sie einen Ausdruck haben?"

Sie sieht nur noch so gerade wie Phillip durch die Haupteingangstür verschwindet, ohne sich zu verabschieden oder irgendetwas zu sagen.

Tjark ist nach getaner Arbeit erschöpft nach Hause gefahren um sich in seiner dunklen Küche zu betrinken. Das ist sein Ziel diese Nacht, er wird einfach so viel trinken, bis der Schlaf ihn übermannt. Den Gedanken, dass Luca vielleicht irgendwo in diesen Einmachgläsern sein könnte, macht ihn krank.

Er weiß sich nicht mehr zu helfen, er hat das Gefühl kurz vor einem Nervenzusammenbruch zu stehen. Es dröhnt in seinem Kopf, nur der schiere Schnaps, hilft ihm sich etwas zu beruhigen. Längst verdrängte Erinnerungen an Lucas Kindheit, lässt Tjark heute zu. Lässt seinen Tränen freien Lauf. Es tut ihm so leid, dass er sie hat so hängen lassen in den letzten Jahren. Er schallt sich selbst als niederträchtiges Schwein, das er es nicht wert ist zu leben. Weil er nicht für Luca da gewesen ist, weil er sie in Stich gelassen hat, als sie ihn am meisten gebraucht hat. Tjark versteht auch nicht warum er noch lebt und Luca vielleicht nicht. In Gedanken bittet er Gott ihn sterben und Luca leben zu lassen.

Aus weiter Ferne hört er die schrille Klingel seiner Haustür. Wie in Trance steht er auf, macht seine Haustür mitten in der Nacht einfach auf, ohne sich vorher zu vergewissern wer da ist.

Es ist ihm egal wer da steht, es ist ihm auch egal, wenn da jemand steht der ihn jetzt erschießt. Brittas Anblick lässt ihn allerdings erstarren, reißt ihn komplett aus seinem tief, wieder zurück in die Realität.

„Äh, es tut mir leid, ich geh gleich wieder." Britta sieht sehr wohl, das Tjark gerade geweint hat und dass es ihm sehr dreckig geht. Sie hingegen sieht aus wie das blühende Leben, kommt gerade von einer Geburtstagsfeier. Es tut ihr wahnsinnig leid, hier so in seine Privatsphäre geplatzt zu sein. Es bereitet ihr augenblicklich Magenschmerzen, Tjark in so einer Verfassung zu sehen. Nur der Sekt, gab ihr den Mut hier aufzukreuzen. Sie dreht sich auf dem Absatz um zum Gehen, schämt sich ihn zu stören.

„Nein, bitte bleib."

Tjark´s Stimme klingt so ehrlich, dass sie am Treppenabsatz innehält.

„Ich hätte nicht einfach vorbeikommen dürfen, es tut mir leid. Es ist nur, ich war gerade so gut drauf, ich komme von einer Party und habe den Taxifahrer spontan gebeten hier anzuhalten."

„Komm einfach rein, bitte."

Tjark dreht sich um und geht nervös in die Küche, in der er erst einmal Licht macht. Ihm wird das Chaos in diesem Raum bewusst und er schämt sich komischerweise für die Unordnung. Wo ihm doch sonst alle Menschen und deren Meinung auf dieser Welt egal sind. Er räumt schnell den runden Küchentischtisch auf und stellt einfach alles neben die Spüle. Wo er einen Lappen auswringt, um den Tisch abzuwischen. Ohne sie dabei anzuschauen fragt er ob sie einen Kaffee möchte. Zu groß ist sein Scharm über die unaufgeräumte Küche und sein äußeres Erscheinungsbild.

Britta kommt einen Schritt näher und hält seine Hand, hindert ihn am Putzen.

„Es ist ok, du musst hier jetzt nicht saubermachen."

„Nein ich."

„Tu mir einen Gefallen und geh Duschen, lass dir Zeit, ich mach in der Zwischenzeit Kaffee."

Es ist nur ein kleiner Augenblick der Vertrautheit, den Britta bei ihm auslöst. Seid Adda, hat ihn keine Frau mehr so angesehen, so als fühle sie sich für ihn verantwortlich. Wie ein verschrecktes Reh, weicht er ein bisschen von ihr ab.

„Also gut, ich komme gleich wieder."

Tjark geht ins Schlafzimmer und nimmt sich frische Wäsche aus dem Schrank. Im Badezimmerspiegel sieht er erst mal das Ausmaß, der Verwahrlosung an sich. Er kann gar nicht sagen, wann er sich zuletzt rasiert, gekämmt oder geduscht hat. Es dauert ungefähr zwanzig Minuten, bis er wieder gesellschaftsfähig ist und mit einer ausgewaschen Jeans und einem weißen Hemd in der Küche erscheint. Es ist ihm unangenehm, dass Britta ihn so gesehen hat. Tjark hat sich zwar rasiert und seine viel zu lang gewordenen Haare ordentlich nach hinten gekämmt. Trotzdem schämt er sich für sein Erscheinungsbild, schüchtern betritt er seine eigene Küche. Sie ist komplett aufgeräumt und sauber, der Kaffee sprudelt in der Maschine. Britta hat sogar irgendwo noch Kekse gefunden, die anscheinend noch nicht abgelaufen sind. Sie steht mit dem Geschirrtuch in der Hand, in einem beigen schlichten Etuikleid, neben dem Tisch. Ihr blondes Haar ist zu einem lockeren Zopf gebunden. Ihre kleinen Strass Ohrringe glänzen vorwitzig auf ihren niedlichen Ohrläppchen. In Gedanken streift Tjark ihr die Strähne aus dem Nacken, die sich aus ihrem Zopf gelöst hat und berührt dabei ihren Hals.

Britta sieht in Tjarks Augen was sie noch nie in einem Mann gesehen hat. Es fällt ihr schwer zu denken, noch nie hat sie so etwas Dummes getan wie heute Abend. Niemals würde sie mitten in der Nacht bei einem Mann klingeln. Aber der Sekt auf der Party hat ihr den letzten Ruck gegeben, dem sie wohl ohne Alkohol nicht nachgegangen wäre. Tjark sieht so unglaublich gut aus, er ist groß, hat breite Schultern. Das blonde Haar ist etwas zu lang, lässt ihn aber unglaublich verwegen aussehen. Britta versinkt in seinen grünen Augen, wird von seinen sinnlichen Lippen abgelenkt. Tjark lächelt aus Verlegenheit, er weiß nicht was er tun oder sagen soll. So wie Britta wortlos auf ihn zugeht, nimmt er sie in seine Arme und küsst sie auf den Mund. Seit Addas Tod hat er keine Frau mehr geküsst und er denkt für diesen einen Augenblick nicht an sie.

Leidenschaftlich streifen seine Hände über ihren Rücken. Er löst sich von dem Kuss, um Britta tief in die Augen zu sehen, um sich zu vergewissern ob es auch das ist was sie will. Wortlos gibt Britta sich ihm hin, sie küssen sich so leidenschaftlich, dass sie einen Schritt zurückgehen und vor den Küchentisch knallen. Britta setzt sich auf den Tisch, sie begehrt Tjark schon so lange, so wahnsinnig. Wie viele Nächte hat sie von diesem hier und jetzt geträumt, unzählige Tage an denen sie sehnsüchtig im Café nach ihm Ausschau gehalten hat. Es ist ihr egal ob er sie jetzt nur will und was danach geschieht. Britta kann sich nicht mehr kontrollieren, sie küsst ihn wild, zieht ihn leidenschaftlich zwischen ihre Beine. Ihr enges Kleid rutscht dabei über ihre Hüften. Geschickt öffnet er den Reisverschluss des Kleides an ihrem Rücken.

Es dauert einen Augenblick bis sich beide wieder fangen und sich ihre Herzen beruhigen. Britta ist ängstlich, rechnet mit Genugtuung oder Abschätzung in seinem Blick. Aber sein liebevolles Lächeln und seine gütigen Augen lassen sie wissen. Das alles in Ordnung und dies hier keine einmalige Sache ist.

Tjark gibt ihr noch einen Kuss und ist Gentleman genug, um ihren nackten Körper nicht anzustarren, als er sich von ihr löst. Dann verschwindet er kurz ins Bad um ihr einen Bademantel zu bringen.

„Es tut mir leid dass ich dein Kleid zerstört habe." Tjark lächelt frech wie ein kleiner Junge.

„Darf ich dir von mir etwas zum Anziehen geben?" Britta nickt verlegen, als sie den Mantel schließt.

„Ja gerne."

„Komm mit."

Er führt sie in sein Schlafzimmer, das glücklicherweise ordentlich und sauber ist. Er öffnet seinen Kleiderschrank und holt eine hell graue Jogginghose heraus und ein weißes T-Shirt.

„Ich glaube, dass dir meine Sachen zu groß sind, aber zur Not muss das jetzt wohl gehen. Du kannst auch eben Duschen gehen, wenn du möchtest."

„Ja gerne." Britta nimmt die Sachen mit ins Bad und überlegt sich unter der Dusche ob das jetzt ein sanfter rausschmiss war. Sie duscht nur ihren Körper ab, achtet darauf, dass ihr Makeup und ihr Haar nicht weiter ruiniert werden. Sie hört Tjark in der Küche hantieren und läuft durch den Flur. Sie bleibt in der Tür stehen und sieht, wie er vor dem Kühlschrank steht.

„Ich werde dann jetzt mal gehen."

Tjark sieht Britta an, als hätte ihn der Blitz geschlagen, hektisch schüttelt er seinen Kopf.

Er geht auf sie zu und hält ihre Hand.

„Nein, bitte bleib, bitte." Britta freut sich und strahlt über das ganze Gesicht. Tjark nimmt sie in den Arm und gibt ihr einen dicken Kuss.

„Bitte setzt dich, ich mach uns ein Omelett, ich habe riesigen Hunger, ich hoffe du isst auch ein bisschen."

„Ja gerne."

Britta geht wie selbstverständlich an den Küchenschrank, nimmt Teller, Besteck, Gläser und deckt den Tisch. Sie setzten sich zusammen, essen, trinken, lachen und unterhalten sich die halbe Nacht. Bis sie zusammen ins Bett gehen und sie in seinen Armen einschläft.

Der Mond scheint so hell durch das Fenster auf Brittas Haut und Haare, dass sie märchenhaft erscheint. Ihre Haut wirkt wie Porzellan, ihr blondes Haar wie gesponnenes Garn. Tjark sieht in den Himmel zu den Sternen, stellt sich vor, dass Adda einer dieser Sterne sein könnte und bittet insgeheim um Vergebung. Es fühlt sich zwar wie Verrat an, den er Adda gegenüber begangen hat. Aber sein Verstand sagt ihm nun, dass er weiterleben muss. Sein Herz sagt ihm, das er nicht mehr trauern kann, über zwanzig Jahre waren genug.

Tjark schläft diese Nacht nicht, denn die Realität holt ihn wieder ein. Er grübelt mit geschlossenen Augen darüber nach, was geschehen ist und was er gesehen hat.

Nachts kann er immer am besten nachdenken, denn schlafen kann er ja sowieso kaum. Die Dunkelheit und die Ruhe, wenn alle anderen normalen Menschen schlafen, bringt ihn gedanklich auf Hochtouren. Im Geist zeichnet er ein Muster unter die Decke in seinem Schlafzimmer, legt Daten und punkte fest. Menschenopfer, Beschreibungen, Uhrzeiten und Verbindungen. Er konstruiert jeden seiner Schritte im Kopf, was ihn dazu getrieben haben mag. Wie es sein kann, dass er es seit so vielen Jahren verstecken konnte. Und weshalb er jetzt ausgerechnet ausbricht und sein Schweigen bricht. Warum gibt er Preis, was er sein ganzes Leben lang versteckt hat. Er weiß doch, dass sie ihn packen und dann ist Schluss. Vielleicht will er ja gepackt werden. Warum nur? Will er Anerkennung in den Medien? Eingehen in die dunkele Geschichte der Menschheit, als Sohn des Teufels? Oder hat er Mitleid entwickelt und will gestoppt werden, weil er so nicht weitermachen kann? Was es auch ist, es muss ein einschlagendes Ereignis in seinem Leben gewesen sein. Tjark stellt sich vor, wie er die Menschen überfallen und getötet hat. Wie er sie zerteil und wahrscheinlich vorher gequält hat. Er fragt sich wie es sein kann, dass es Menschen gibt die so etwas gerne, aus Befriedigung oder aus sonst irgendwelchen Gründen tun? Die Erinnerung an Mandy treibt ihm Tränen in die Augen. So ein Ende hat sie nicht verdient, kein Mensch hat so etwas verdient. Aber Mandy war so eine liebe Frohnatur, es ist wirklich eine Sünde was mit ihr geschehen ist. Auch ihr Mord wurde zu hundert Prozent konstruiert. Immer wieder erscheinen die Einmachgläser vor seinem Auge und wie die taktischen Lichter die Gläser durchleuchten. Tjark wird niemals vergessen was er da gesehen hat.

Er erinnert sich an Situationen, als Luca noch ein Kind war und betet inständig, dass sie noch lebt. Mit Addas Tod hat er aufgehört zu beten, den Glauben an Gott einfach verloren. Aber jetzt ist er seine einzige Hoffnung.

Von tiefsten seines Herzen wünscht er sich, dass seine Gebete erhört werden und Luca noch lebt.

Vorsichtig zieht er seinen Arm unter Brittas Kopf weg, bevor sein Wecker klingelt. Er weiß, dass sie erst später aufstehen muss, da sie ihr Café sonntags erst um zehn Uhr öffnet. Sie soll liegen bleiben und noch ein bisschen schlafen. Tjark zieht die Gardine ein wenig zur Seite, sodass das Mondlicht auf sie fällt. Sie wirkt so rein und bezaubernd, sie kann sich gar nicht vorstellen was er in seinem Leben schon alles gesehen hat. Sie soll es auch niemals erfahren.

Behutsam zieht er die Gardine wieder zu und verlässt das Schlafzimmer auf leisen Sohlen. Blind, läuft er durch seine dunkele Wohnung ins Bad hinein. Er braucht hier kein Licht, jede Handbewegung sitzt.

Erst als er die Badezimmer Tür geschlossen hat, macht er das Licht an. Die Dusche ist so warm eingestellt, dass der Wasserdampf unter der Badezimmertür her kriecht, wie der Nebel über eine

Moorlandschaft. Tjark versucht sich all die schlechten Gedanken mit Seife herunter zu waschen, er pfeift leise vor sich hin. Der Dampf kriecht den Flur entlang, windet sich um das schwarze Paar Sportschuhe, die mitten im Flur stehen. Sie bewegen sich langsam, schritt für schritt nähern sich der Schlafzimmertür.

Vorsichtig öffnet er die Tür einen Spalt, schreckt zurück, durch das leise quietschen der Tür.

Britta bewegt sich unruhig in dem warmen Bett, spürt die Kälte, die sich wie der Nebel über das flache Land legt.

Das Quietschen der Schlafzimmertür ertönt direkt nachdem Tjark die Dusche ausgestellt hat. Seine geschulten Polizisten Ohren hören auch die leisen Schritte die durch den Flur schleichen. Er glaubt Britta auf dem Weg in die Küche zu hören, vermutet, dass sie vielleicht von dem prasseln des Wassers in der Emaile Wanne wach geworden ist. Rasch trocknet er seinen Körper ab, als er ein sehr bekanntes Geräusch hört. Er fragt sich was Britta so früh am Morgen als erstes auf den Balkon treibt. Plötzlich überkommt Tjark ein kalter Schauer, sein ganzer Körper spannt sich an und ist in Alarmbereitschaft. Noch nie hat sich Tjarks Körper getäuscht, schon immer hat er gespürt, wenn etwas nicht stimmt.

Er macht das Licht im Bad aus und öffnet sehr vorsichtig die Badezimmertür. Es braucht keinen Augenblick, bis seine Augen sich an die Dunkelheit gewöhnt haben. Er bewegt sich in seiner Wohnung blind. Ein kurzer Blick ins Schlafzimmer reicht um Britta friedlich schlafend im Bett zu erkennen. Seine Nackenhaare stellen sich auf, jede Faser seines Körpers steht in Alarmbereitschaft.

Tjark ängstigt sich, unachtsam hat er seine Waffe in der Küche liegen lassen. Still läuft er durch den Flur und schaut vorsichtig in sein Wohnzimmer. Er ist sich sicher, dass jemand in der Wohnung ist.

Die Balkontür steht offen, der weiße Gardinenschal schwebt ein wenig in den Raum hinein. Tjark hält automatisch die Luft an und horcht in die Stille hinein. Er hört eindeutige schritte die zirka zehn Meter hinter seinem Haus über den Kiesweg laufen. Sein Herz rast, sein Blut kocht vor Wut darüber, dass jemand in seiner Wohnung war, seinem zu Hause. Am liebsten würde er nun nackt von dem Balkon in der ersten Etage springen und ihm folgen. Aus Erfahrung weiß er aber, dass er ihn nicht kriegen wird, der Vorsprung ist zu groß. Die dunkle Nacht erschwert die Suche zusätzlich.

„Warte, ich werde dich kriegen und wenn, dass mein letzter Auftrag wird.“

Tjark schließt die Balkontür und überlegt sich zum ersten Mal seine Wohnung zu sichern. Ihm war es immer egal, arroganter weise hat er sich auch eingebildet, dass niemals jemand bei ihm einsteigen würde. Das würde sich ja keiner wagen, weil er ja ein Polizist ist und noch ein sehr guter dazu. Doch dieses Ereignis zerstört seine sichere Welt unwiderruflich, sowie ein Glas Wasser auf den Boden schlägt. Britta gehört nun zu seinem Leben und er könnte es sich niemals verzeihen, wenn ihr heute Nacht etwas zugestoßen wäre. Er geht ins Schlafzimmer zurück und nimmt sich im Dunkeln seine Kleidung aus dem Schrank. In der Küche angekommen, stellt er zuerst die Kaffeemaschine an, bevor er sich anzieht. Die Erinnerung daran, was hier gestern in seiner Küche geschehen ist, lässt ihn zittern. Denn jetzt gehört Britta zu seinem Leben, es gilt sie genau wie Luca zu beschützen. Der Gedanke an seine Tochter macht ihn fast wahnsinnig, treiben ihm die Tränen in die Augen. Schuldgefühle, die alles in seinem Leben überschatten, übermannen ihn wie ein Tsunami der alles zerstört. Sein Herz krampft sich zusammen, er weiß, dass er ein eiskalter steinharter Vater war und will das jetzt ändern.

Voller Sorge und Angst schließt er seine Hose und stopf sein Hemd hinein. Egal was gerade in seinem Leben für Katastrophen geschehen sind, in den letzten stunden ist alles noch schlimmer geworden. Seine Tochter ist verschwunden und ein zusätzlicher Mensch in sein Leben getreten, um dessen Sicherheit er sich sorgen muss.

Tjark fühlt sich sehr schlecht, fragt sich wie er Luca für stunden vergessen konnte. Wie er einfach alles ausblenden konnte und Britta lieben. Aber es war nun mal geschehen und er wollte keinen weiteren Augenblick mehr darüber nachdenken. Er schreibt Britta einen kleinen Brief, bevor er seine Wohnung verlässt und hofft, dass sie wiederkommt.

Es muss ihn kein Kollege anrufen um zu wissen, dass gleich um sechs alle auf der Wache sein müssen.

Tjark fühlt sich schuldig, denn er kann sich vorstellen, dass Phillip die ganze Nacht durchgearbeitet und er sich einfach frei genommen hat. Er fühlt sich auch schuldig, dass er eine andere Frau hatte und das zu einem Zeitpunkt wo Luca verschwunden ist. Aber er kann es jetzt nicht mehr ändern, es ist geschehen und er muss jetzt damit leben. Das einzige was er nun tun kann ist, sich auf seine Arbeit zu konzentrieren und alles zu tun um seine Tochter zu retten.

Er geht ins Wohnzimmer und versichert sich, dass die Fenster geschlossen sind. In der Küche und im Bad, dann lugt er ein letztes Mal durch die halb geöffnete Schlafzimmertür. Schweren Herzens geht er durch den Flur und schließt die Tür leise hinter sich. So wie er im Treppenhaus ist, schaltet er auch auf Polizistenmodus um. Er steigt in seinen Wagen und fährt zur Wache. Die Straßen sind leer, niemand ist um viertel vor sechs unterwegs. Tjarks sorgen sind so dunkel, wie die Nacht in die er hineinfährt. Für einen Augenblick stellt er sich vor, wie er den Mörder packt, Luca befreit und ihn eiskalt erschießt. Ja sogar die Kugel wäre zu schade für dieses Schwein. Es wird nichts und niemanden geben, der ihn stoppen kann ihn zu erschießen, wenn er Luca etwas angetan hat.

So wie er im Großraumbüro angelangt ist, sieht er auch schon ein paar Kollegen um Phillips Computer herumstehen. Andere gestikulieren wild im Meeting Raum herum, Tjark kann sich im Moment gar keinen Reim daraus machen. Beim Durchqueren des Büros sieht er kurz auf Phillips PC und guckt was das IT- Team da macht, geht dann aber weiter in den Meeting Raum.

So wie es aussieht, ist Phillip letzte Nacht oder heute Morgen auf eigener Faust losgezogen. Die Kollegen kleben gerade alle Notizen die Phillip sich gemacht hat an die Wand, sie versuchen irgendwelche

Schlüsse daraus zu ziehen. Björk dreht fast durch vor lauter Sorge, schreit einfach nur noch herum.

„Das darf doch nicht wahr sein, dieser Idiot. Hat der den nichts in der Schule gelernt? Denkt der, er wäre Supermann oder was? Ich will wissen wo Phillip ist. Beeilt euch Jungs, der steckt bestimmt schon bis zum Hals in Schwierigkeiten."

Tjark kann nicht glauben, was er da gerade hört, so dumm kann sein Kumpel doch nicht sein. Panisch geht er zurück zu Phillips Schreibtisch, hört zu was das IT-Team sich erzählt.

„Hier habe ich was, er ist alte Zeitungsausschnitte durchgegangen."

„Nein, das ist nichts."

„Doch, da hat er Standorte gegoogelt."

„Ja, aber da waren wir doch schon überall."

„Hier auch?"

„Ja klar, das ist doch die Halle des Künstlers."

„Ja, wo hat der denn sonst noch Immobilien? Was hat Phillip denn gesucht?"

„Keine Ahnung, der denkt doch nicht normal, der interpretiert die Eigenschaften oder Verhaltensweisen, oder was weiß ich."

Die beiden Jungs aus der IT unterhalten sich die ganze Zeit ohne Tjark´s Anwesenheit auch nur mitzubekommen. Zu sehr sind sie in Phillips PC vertieft, um zu verstehen, was er die ganze Nacht gemacht und herausgefunden hat.

„Tjark!"

Björk steht mit hochrotem Kopf neben ihm.

„Phillip ist verschwunden."

Björk drückt Tjark einen gelben Notizzettel in die Hand auf der steht, dass er eine Spur hat, dass er niemanden wecken möchte. Dass er um sechs Uhr pünktlich zurück zur zweiten Besprechung sein wird.

„Und sein Handy ist aus, wir können es auch nicht orten. Wie kommt er denn auf die Idee irgendetwas im Alleingang zu unternehmen?"

„Ich weiß es nicht." Tjark sieht bestürzt auf den kleinen gelben Zettel, den er in der Hand hält. Der kleine Zettel fühlt sich ungewöhnlich schwer an, er brennt auf seiner Haut, wie die last die er mit sich trägt. Er fühlt sich maßlos schuldig, weil er die letzte Nacht mit Britta verbracht hat. Einer Ohnmacht nahe, holt er sein Handy aus der Tasche und stellt es wieder laut. Zwei verpasste Nachrichten von Phillip blinken energisch auf seinem Display. Wenn er sich nicht mit Britta beschäftigt hätte, wäre er an sein Handy gegangen. Er hätte den Anruf sicherlich nicht verpasst und wüsste jetzt, wo sein Kollege wäre. Das dieser gute Mann sich in so eine Gefahr begibt, wahrscheinlich wegen Luca, macht Tjark total fertig.

„Wir werden deine Tochter finden. Ich glaube nicht, dass sie tot ist."

„Was?" Will Björk wissen.

„Das ist das Letzte, was er zu mir gesagt hat, bevor er aus der Wijde Kerksteeg verschwunden ist. Ich habe zwei Anrufe von ihm letzte Nacht verpasst. Wenn das nicht gewesen wäre, würde er jetzt nicht allein unterwegs sein. Ich wäre bei ihm, so wie sich das gehört. Das ist allein meine Schuld."

„Das ist doch Blödsinn! Und wenn er die komplette Mannschaft angerufen hätte und niemanden erreicht hätte, hat er sich nicht auf eigenen Faust auf die Socken zu machen. Jeder muss mal schlafen, auch du Tjark und Phillip wird wohl eines in seinem Studium gelernt haben. Dass er sich niemals alleine in so einem Fall bewegt und schon mal gar nicht ohne mitzuteilen, wo er denn hin ist. Wenn er das hier überlebt und ich ihn in die Finger bekomme, bringe ich ihn persönlich um!

Tjark, mach was! Wir müssen ihn und Luca finden, finde heraus was er sich notiert hat und was dieser ganze psychologische Kram bedeuten soll."

Björk dreht sich auf dem Absatz um und geht in sein Büro, wo einige Leute auf ihn warten. Tjark's Gedanken fahren Karussell, die schiere Angst um seine Tochter und Phillip setzt sämtliches Adrenalin in seinem Körper frei. Er zieht seinen Mantel aus und hängt ihn über Phillips Stuhllehne. Er verscheucht das IT-Team mit einer Handbewegung, wie kleine Fliegen die einfach nur nerven. Ohne sie weiter zu beachten, sieht er sich den Schreibtisch an, durchblättert sämtliche Notizen. Da steht ziemlich viel über die Psyche eines Menschen, Verhaltensmuster, Wahrscheinlichkeiten, Durchschnittswerte und geschichtliche Gräueltaten von irgendwelchen Massenmördern in der Vergangenheit. Tjark überfliegt alles, versucht herauszufinden wie Phillip gearbeitet hat. Nach einigen Stunden steht Tjark auf, geht zum Automaten und zieht sich einen großen Kaffee. Dann geht er zurück an Phillips Schreibtisch und lehnt sich zurück, so wie Phillip es wahrscheinlich getan hat, als er vielleicht mal eine Denkpause gemacht hat. Die Rückenlehne senkt sich so weit nach hinten, das Tjark schon fast liegt. Er sieht auf die Schubladen links vom Schreibtisch und setzt sich ruckartig wieder hin, stellt den Kaffee weg und macht eine nach der anderen auf. In der ersten liegen Stifte, Marker und was man so braucht. In der zweiten, Papier und Folien. In der dritten liegt eine graue Mappe die Tjark herausnimmt. Zirka zwanzig Seiten, über das Profil des Täters, stichpunktartige Indizien nach Datum sortiert. Einige Zeitungsausschnitte, die Tjark überfliegt. Dann das alte schwarz-weiß Foto aus der Wijde Kerksteeg, mit der Mutter und den kleinen Babys auf dem Arm. Das vermutlich im Krankenhaus im Krankenbett aufgenommen wurde. Er dreht es um und liest auf der Rückseite, 24.12.54 Peter und Paul, mit Bleistift geschrieben. Er legt es zur Seite und sieht sich einen Zeitungsbericht an, auf dem ein vergilbtes Familienfoto der Lohfers abgebildet ist.

„Erfolgreicher Jungunternehmer setzt auf feinste Confiserie." Tjark liest den ganzen Bericht und bleibt an der Stelle hängen, als der Reporter die Lohfers und deren Sohn Paul erwähnt. Er spricht von Imperium, das der einzige Sohn der Familie eines Tages erben wird. Tjark sieht plötzlich eine Liste der in der Gegend liegenden Krankenhäuser, auf der eines umkreist ist. Daneben steht eine Telefonnummer mit Bleistift geschrieben. Tjark nimmt den Hörer des Schreibtischtelefons in die Hand und wählt ganz automatisch.

Es läutet so oft, das Tjark gerade auflegen will, als sich jemand meldet.

„Müller?" Eine uralte weibliche Stimme meldet sich am Telefon.

„Guten Tag, de Fries von der Polizei in Sneek. Entschuldigen Sie die Störung, aber ich vermute, dass mein Kollege von Heinitz Sie gestern Abend noch angerufen hat?"

„Von Heinitz? Ach ja das ist richtig, ein sehr netter, höflicher Mann."

„Darf ich fragen, was er wissen wollte, oder was er gesagt hat?"

„Ja, er fragte mich nach den Lohfers Zwillingen. Aber ich konnte ihm nicht alles beantworten, weil meine Pflegerin hier war, verstehen sie?"

„Ja, ich verstehe."

„Ich war die Krankenschwester, die sie damals entbunden hat. Eine traurige Geschichte war das. Das habe ich Ihrem Kollegen schon erzählt. Verstehen Sie, ich bin zwar schon zweiundachtzig Jahre alt, aber mein Verstand ist noch ganz frisch. Ich werde es niemals vergessen, wie dieser böse Mensch der armen Frau das weniger kräftige Baby aus den Amen genommen hat. Die Mutter hat so geweint und gebettelt, aber damals konnten wir nichts machen. Sie wollte einfach nicht zur Polizei gehen. Ich glaube, Sie hatte unheimliche Angst vor ihrem Ehemann."

„Hat ihr Ehemann ihr einen Jungen weggenommen?"

„Ja, das sagte ich doch bereits, er hat es zur Adoption frei gegeben, weil er der Meinung war, dass es nicht kräftig genug war. Dass es nur Probleme geben würde, weil er der Erstgeborene war. Er wollte aber einen starken Nachkommen, der seine Firma und alles übernehmen sollte. Er war ein schrecklicher unangenehmer Mensch. Ich glaube, er hat seine Frau schlimm misshandelt, sogar als sie schwanger war. Sie hatte überall am Körper blaue Flecken und gepeitscht hat er sie auch. Da bin ich mir sicher."

„War das alles, was mein Kollege Sie gefragt hat oder was Sie ihm erzählen konnten?"

„Ja, und das ich ja praktisch eine Nachbarin der Lohfers bin. Paul ist übrigens genauso so böse wie sein Vater geworden. Er weiß ja nicht, dass ich ihn kenne. Er hat mich noch nie beachtet, aber manchmal sehe ich ihn in der Nacht, wenn er in die alten Hallen geht."

„Welche Hallen? Wo wohnen Sie denn?"

Tjarks Nackenhaare stellen sich auf, er ahnt schon was jetzt kommt.

„Nobellan 183, in Almere Stad, genau neben der alten Halle der Lohfers. Ich sage Ihnen, da spielen sich nachts unheimliche Dinge ab. Ständig nimmt er irgendwelche Leute mit sich nach Hause."

„Wer? Der Künstler Michael van Jaar?"

„Den kenn ich nicht, ich sehe immer nur Paul. Blass ist er geworden. Er war so ein hübscher Junge, dunkles Haar. Ich glaube, der hat seine Haare weiß gefärbt."

„Ich danke Ihnen, Frau Müller. Sie haben mir wirklich sehr geholfen."

Tjark legt auf und lässt den Tag in der Halle des Künstlers Revue passieren. Phillip hat gesagt, dass Michael autistische Züge hat und nicht lügen kann. Wahrscheinlich hat die alte Frau Müller nur Michael von Jaar gesehen und glaubt, dass es Paul ist. Tjark hat schon oft erlebt, dass Menschen eine komplett falsche Personenbeschreibung abgegeben haben, weil sie es eben so gesehen haben. Oder, weil sie unter dem Stress in der Situation einfach nicht richtig hingesehen haben. Aber es ist eine Spur, der Phillip vielleicht nachgegangen ist. Tjark überlegt sich, das vielleicht gar nichts schlimmes passiert ist. Dass Phillip vielleicht sein Handy nicht aufgeladen hat, zur Halle gefahren ist und danach noch irgendwo anders hin.

Stevens kommt an seinem Schreibtisch vorbei.

„Hey Stevens, ich fahr mal eben zur Halle des Künstlers Michael van Jaar. Ruf mich bitte an, wenn es etwas Neues gibt oder, wenn Phillip sich gemeldet hat."

„Ja ist gut."

Stevens läuft mit verheulten Augen an ihm vorbei in Richtung Kopierer. Tjark fragt sich für einen Augenblick warum er nicht weinen kann. Ob er bereits so abgestumpft, sein Herz so verkümmert ist, dass er es einfach nichts mehr fühlt? Er liebt Luca, das ist ihm bewusst, seitdem sie geboren ist. Ohne zu zögern würde er sein Leben für sie geben, aber warum kann er denn nicht weinen? Wieso verdammt ist er so diszipliniert und macht einfach seinen Job weiter?

Tjark steht auf, nimmt seinen Mantel und verlässt die Wache. Es gibt nur eine Person auf dieser Erde, mit der er so etwas besprechen würde. Er denkt an Britta und macht sich auf den Weg zum Café. Während der Autofahrt, fragt er sich, ob es normal ist, dass er in so einer Situation Hunger hat. Oder das er in so einer Situation an Britta denkt. Er fühlt sich schuldig für alles, dafür, dass er all die Jahre nicht für Luca da war. Dafür, dass sie verschwunden ist. Dafür, dass er jetzt Hunger hat und das er nicht weinen kann, dass er jetzt zu Britta fährt.

Vor dem Café ist direkt ein Parkplatz frei, wo Tjark kurz im Wagen sitzen bleibt und überlegt ob er nun wirklich in dieses Café hineingehen soll?

Mit der linken Hand verbiegt er den Rückspiegel so, dass er hineingucken kann. Er streift mit den Fingern durch seine Haare, versucht sie zu richten. Für einen Augenblick sieht er sich in die Augen und fragt sich was für ein Mensch er eigentlich ist. Ob er es eigentlich noch wert ist zu leben, oder ob die Menschheit nicht besser ohne ihn Dran wäre.

Trotzdem verlässt er den Wagen und betritt das Café.

Britta räumt gerade einen kleinen Tisch ab und blickt kurz auf, als sie die kleine Türklingel hört. Sie wirkt als hätte sie auf ihn gewartet und nun unendlich beruhigt, dass er gekommen ist. Tjark lächelt verlegen und setzt sich auf seinen Platz. Britta bringt kurz das schmutzige Geschirr in die Küche und erscheint mit der Kaffeekanne in der Hand.

„Guten Morgen mein Schatz." Sie gibt ihm einen Kuss auf die Wange, bevor sie ihm den schwarzen dampfenden Kaffee eingießt.

„Guten Morgen." Es fällt ihm schwer, mein Schatz zu sagen. Es kommt ihm einfach nicht über die Lippen, aber er lächelt sie liebevoll an.

„Ich freue mich, dass du hierhergekommen bist."

„Ja ich, ich habe seit letzter Nacht viel nachgedacht, ich bin gerade…"

Britta sieht, dass er total durch den Wind ist und will ihn nicht unter Druck setzen, vielleicht war es ja auch nur eine Nacht für ihn. Und jetzt will er ihr einfach klarmachen, dass es das war.

Traurig sieht sie auf den Boden, versucht ihren Kummer zu verbergen und wendet sich zum Gehen.

„Ist schon gut, du musst dich nicht erklären, ich verstehe schon."

Tjark merkt sofort was er da gerade angerichtet hat und hält ihre Hand, damit sie nicht geht.

„Nein, bitte bleib."

Britta sieht Tjark an, da sind Tränen in ihren verzweifelten Augen.

Sofort stellt sie die Kaffeekanne auf den Tresen und nimmt ihn in den Arm.

Tjark befreit sich aus ihrer Umarmung, um ihr in die Augen sehen zu können.

„Ich möchte dir etwas erzählen."

Erwartungsvoll setzt Britta sich und hält seine Hand. Tjark sieht auf seine und ihre Hände, während er erzählt.

„Ich habe meine Frau Adda während des Studiums kennen gelernt. Wir waren unzertrennlich und verliebt. Wir haben geheiratet und eine Tochter bekommen. Es war zu perfekt um wahr zu sein, ich habe mein Glück gar nicht gesehen. Bis zu dem Tag als wir die Diagnose Krebs bekamen. Er war schon zu weit fortgeschritten, als dass eine OP oder Therapie noch etwas hätte retten können. Sie war innerhalb von drei Monaten tot. Für mich ist eine Welt zusammengebrochen, ich war narzisstisch genug, um meine Tochter zu vernachlässigen. Sie ist mit sechzehn in ein Jugendheim gezogen, seitdem habe ich keinen Kontakt mehr zu ihr. Jetzt ist sie verschwunden, ich suche sie seit ein paar Tagen. Ich weiß nicht ob ich sie lebend finden werde und ich werde mir wahrscheinlich niemals verzeihen, dass ich nicht auf sie aufgepasst habe."

Tjark sieht von den Händen auf in Brittas glasige Augen, in denen sich tiefes Mitgefühl spiegelt.

„Seit Addas Tod habe ich nicht mehr geliebt und keine Frau mehr angesehen. Was da gestern Nacht geschehen ist, hätte ich nicht mehr für möglich gehalten. Ich bin ein ziemlich kaputter Mensch, ich bin es wahrscheinlich auch nicht wert geliebt zu werden. Und ich möchte dir das eigentlich nicht antun, ich finde, dass du etwas Besseres verdient hast als mich. Ich würde dein Leben nicht bereichern, dich nicht glücklich machen. Ich bin eine Last."

Britta sieht in Tjark etwas Anderes, einen attraktiven jungen Mann der schon viel durchgemacht hat und im Moment die größten Sorgen hat, die eine Vater nur haben kann.

„Es tut mir leid, was geschehen ist, aber ich denke jeder Mensch ist es wert das er geliebt wird. Geh und finde deine Tochter und wenn du irgendwann bereit bist, deinen Kopf wieder frei hast, komm bitte zu mir zurück. Ich werde hier auf dich warten."

Tränen laufen ihm nun über die Wangen, die er aus Verlegenheit sofort mit seinem Hemdärmel wegwischt. Es ist ihm unbegreiflich, das hier und jetzt diese Tränen über ihn kommen. Nickend steht er von seinem Barhocker auf und nimmt sie in den Arm, er drückt sie so liebevoll, dass alle Zweifel beiseitegeschoben werden.

Sie wissen es beide, das Schicksal hat sie zusammengeführt.

Selbstverständlich gibt sie ihm einen Kuss auf die Stirn, löst sich aus seiner Umarmung und gießt ihm Kaffee ein. Es muss nichts mehr gesprochen werden, sie verstehen einander, es wurde alles gesagt. Britta geht in die Küche, um sein Frühstück zu holen. Stellt es ihm hin und lächelt freundlich, bevor sie weiter bedienen geht. Bewundernd sieht er ihr dabei zu, kann seine Augen kaum von ihr lassen während er isst. Wie immer legt er den Betrag mit großzügigem Trinkgeld neben seine Tasse bevor er wieder verschwindet. Es war nicht nötig sich zu verabschieden und sie von der Arbeit abzuhalten. Tjark fühlt das absolut alles zwischen ihnen in Ordnung ist. Er hat sich gerade mitten in einem Café so weit geöffnet, dass er Tränen vergossen hat. So konnte er sich bisher nur bei Adda zeigen.

Tjark schlendert zum Wagen, überlegt sich kurzerhand zur Lagerhalle von Michael zu fahren, um ihm ein paar Fragen zu stellen. Die alte Frau Müller muss sich geirrt haben.

Tjark fährt gemütlich und in Gedanken an Adda, Luca und Britta versunken. Er parkt seinen Wagen vor der Tür und sieht auf sein Handy, während er zum Hintereingang der Halle schlendert. Die Hintertür ist wieder ein Spalt offen und Tjark vermutet Michal van Jaar bei der Arbeit. Aber heute läuft hier keine laute, ohrenbetäubende Musik. Auch Michael scheint nicht anwesend zu sein. Tjark fragt sich ob alle Künstler so bekloppt sind und ständig ihre Tür nicht verriegeln. In der Halle stehen mehrere überdimensionale Bilder, alle in Rot gemalt. Als er letzte Woche hier gewesen ist hat er sie überhaupt nicht beachtet, jetzt ist das anders. Die Bilder sind sehr abstrakt und chaotisch gemalt. Aber er erkennt plötzlich eine sitzende Frau die ihre Arme von sich streckt und schreit. Die Verzweiflung in ihrem Gesicht ist sehr ausdrucksstark und man könnte meinen sie hat panische Angst. Daneben steht ein anderes längliches Bild, nach längerem hinsehen sieht Tjark einen an den Füßen auf gehangenen nackten Körper, aus dem irgendwelche Fäden hängen. In dem Moment in dem er die Gedärme des Mannes erkennt, zieht Tjark seine Dienstwaffe und entsichert sie. Etwas stimmt hier nicht, das spürt er mit Haut und Seele. Unruhig sieht er sich in der großen Halle um, atmet flach um jedes Geräusch hören zu können. Jeden seiner Schritte rollt er vorsichtig ab, um kein Geräusch zu erzeugen. Er fühlt sich wie ein Fasan auf dem Präsentierteller, spürt die Gefahr. Kurz schallt er sich einen Narren, allein hierhergekommen zu sein. Er fragt sich wie es sein kann, dass er so dumm ist und den gleichen Fehler macht wie Phillip. Aber er kann jetzt nicht anrufen und auch nicht zurück, er muss jetzt weiter. Vorsichtig schleicht er mit nach vorne gestreckter Waffe durch die Halle. Läuft an Leinwänden vorbei die immer schlimmer werden, er fühlt sich, als würden all diese Opfer ihn anschreien, nach Hilfe rufen. Es macht ihn ganz verrückt, all diese verzweifelten Gesichtsausdrücke zu sehen. Fragt sich ob es alles Menschen sind, die von dem Mörder zu Tode gequält wurden. Das Kopf Kino das sich in ihm abspielt ist nicht abzustellen, zu präsent sind diese riesen monströsen Bilder. Dessen Ausdruck mit nichts zu vergleichen ist an Horror, Schmerz, Leid und Tot. Sie sind so intensiv und ausdruckstark das Tjark das Blut förmlich riecht, dass vergossen wurde. Überall stehen diese alten

Maschinen die mit weißen Leinen abgedeckt sind. Verzweifelt versucht Tjark hier etwas zu finden, irgendetwas, es muss hier einfach etwas geben.

Dann nimmt er im Augenwinkel eine Bewegung wahr, ein weißes Tuch das in den Raum weht und ihm das Herz in die Hose rutschen lässt. Mit ausgestrecktem Arm, die Waffe voraus, geht er langsam auf das sich bewegende Tuch zu. Die Atmosphäre ist unheimlich, irgendetwas stimmt hier nicht. Tjark überlegt was sie eigentlich an dem Tag gesprochen haben als sie zuletzt hier waren. Was dieser Künstler gemacht hat, wie er reagiert hat. Sogar jetzt fällt Tjark nichts ein was ungewöhnlich erschien. Er hat zu lauter Musik gemalt, Tjarks Augenmerk war auf seinen roten Pinsel gerichtet und nicht auf das was er gemalt hat. Auch im Auto hat Michael nicht nervös gewirkt und auch auf der Wache schien er ganz entspannt.

Mit seiner Dienstwaffe schiebt Tjark das weiße Lacken ein Stück zur Seite und entdeckt eine halb offene Stahltür dahinter. Durch den Spalt scheint schwaches grünliches Licht. Ohne zu zögern öffnet er die Tür ein bisschen weiter und steht vor einem Treppenabsatz, den er so leise wie möglich nach unten steigt. Dass er hier gerade ein großes Risiko eingeht, kommt ihm gar nicht in den Sinn. Luca hier wohlmöglich zu finden, vernebelt sein Sicherheitsdenken, wie der dichte Nebel in britischen Gassen. Jede Stufe nach unten ins ungewisse pumpt mehr und mehr Adrenalin in seine Adern, welches sie fast zum Bersten bringt. Der Flur durch den er jetzt gehen muss ist lang, durch die Dunkelheit ist kein Ende in Sicht. Noch nie hatte Tjark solche Angst ein

Gebäude zu betreten. Die Bilder des Grauens aus der Wijde Kerksteeg haben sich so tief in sein Gehirn gefressen, dass er sich einer Ohnmacht nahe fühlt. Aber er geht weiter, er wird jetzt nicht aufgeben und ruft sämtliche Erfahrungen die er bisher als Polizist gesammelt hat auf. Seine Ohren sind gespitzt, sein Gang bedächtig und still. Der schmutzige Fußboden dieses nur spärlich beleuchteten Flures ist feucht. Er hört das Tropfen von undichten Leitungen, die hier wahrscheinlich seit Jahrzehnten vor sich hinplätschern. Dieser Ort scheint trostlos und verlassen. Auf der rechten Seite scheint gelbliches Licht aus einem angrenzenden Raum. Tjark läuft mit dem Rücken an der Wand entlang langsam weiter. Kurz vor der Tür horcht er, ein Radiomoderator spricht über die politische Lage in Amerika. Vorsichtig schaut er ein Stück weiter in den Raum hinein und sieht im schummrigen Licht einen Küchenschrank. Er wagt sich noch etwas weiter vor und horcht, etwas schabt über den Boden, jemand wimmert. Er betritt den Raum mit nach vorne gestreckter Waffe. Sieht nervös in jede Ecke dieses Raumes und nimmt Bilder des Schreckens, in wenigen Sekunden auf. Ein Glaskasten in dem es von Ungeziefer wimmelt, dessen Geräusch er vorher nicht wahrgenommen hat. Rechts hängt eine Weiße schürze voller Blut, der Gestank hier unten ist bestialisch. Das schabende, raschelnde Geräusch erschreckt ihn zutiefst. Der wuchtige Haufen weißen Tülls wirkt so fehl am Platz in diesem rostigen Zwinger wie Feenstaub auf einem Truppenübungsplatz. Leises Stöhnen, wirres vor sich her flüstern, lässt ihn einen Menschen darin vermuten. Er geht mit der Waffe immer noch im Anschlag voraus, auf den Zwinger zu, um den Menschen darin zu erkennen. Ein schmutziges Gesicht liegt mit offenen Augen mitten im Tüll und starrt ihn ausdruckslos an. Sie flüstert für Tjark unverständliche Worte. Diese blauen Augen in dem von Leid zerfressenem Gesicht, sehen ihn an wie bereits hunderte Male zuvor.

„Papa?" flüstert sie schwach.

Tjarks Brust zieht sich krampfhaft zusammen. Er legt die Waffe auf den Tisch und geht vor dem Zwinger auf die Knie. Überwältigt von Freude, dass sie lebt und tiefstem schmerz, vergisst er alles andere um sich herum. Er streckt seine Hand durch die Gitterstäbe, aber sie reagiert nicht. Als wäre ihre Seele bereits gestorben, sieht sie ihn mit glasigen leeren Augen an. Außer sich vor Angst, steht er auf, rüttelt an der Zwingertür. Sie ist verschlossen. Er sieht auf seine rostigen Hände, überlegt sich das Schloss oder die Stäbe zu brechen. In dem Moment in dem er sich nach einem geeigneten Gegenstand umdreht, schlägt ihm etwas mit voller Wucht ins Gesicht.

Er hat es nicht kommen sehen, er war unachtsam, war so sehr mit Lucas Situation beschäftigt, dass er auf nichts Anderes mehr geachtet hat. Es war ein fürchterliches lautes Krachen, als seine Nase brach, bevor er in ein ganz tiefes Loch viel.

Erneute Schmerzen die seinen Körper durchstechen, lassen ihn aus einer Ohnmacht erwachen. Seine Beine und seine Hände sind auf dem Rücken gefesselt. Jemand zieht ihn mit barer Gewalt durch den grün beleuchteten Flur. Sein blutendes Gesicht schleift ungeschützt über den schmutzigen Boden. Tjarks Schmerzen sind unbeschreiblich, es fühlt sich an als würde sein Gesicht abreißen. Der Mann zieht Tjark wie einen Sack Kartoffeln hinter sich her und schleift ihn in einen angrenzenden Raum. Hier ist es dunkel und stickig, Tjark fällt wieder in eine Ohnmacht.

Auf einem Stuhl sitzend und gefesselt, kommt er wieder zu sich. Es fühlt sich so an, als wäre er über Stunden betäubt gewesen. Sein Gesicht brennt und spannt, er spürt, dass es angeschwollen ist. Sein linkes Auge ist so angeschwollen das er es nicht öffnen kann. Ein krachendes Geräusch erschreckt ihn zutiefst. Sein benebelter Verstand lässt nur verschwommene Bilder zu. Der Mann, der mit dem Rücken zu ihm steht nimmt nur langsam Form an, dessen Arm sich langsam hin und her bewegt. Nackte Beine die vor ihm auf einem Eisentisch liegen, bewegen sich im gleichen tackt zu seiner Armbewegung. Wie leblose Marionetten Beine die ihrem Spieler gehorchen. Rechts von dem Mann schwimmt nichts außer Blut auf der metallenen Oberfläche. Es dauert einen Augenblick bis Tjark sich etwas besser konzentrieren kann, bis sein Gehirn das hier und jetzt verarbeiten und verstehen kann. Sein Augenmerk fällt auf den Tisch zu seiner rechten, auf dem die Leichenteile liegen. Häute hängen über dem Tisch an einer Wäscheleine, gefüllte Einmachgläser stehen in einem Regal. Tjark würgt immer wieder, das Frühstück zwängt sich durch seinen angeschwollenen Kopf nach draußen. Ihm ist schwindelig, der Druck in seinem zerstörten Gesicht ist unermesslich. Wieder sieht er zu dem Regal hinüber, nimmt den abgetrennten Kopf einer blonden Frauenleiche wahr. Er würde gerne schreien und sich einreden, dass das nicht wahr ist. Aber der blonde Schopf der zu einer jungen Frau gehören muss, kann nur von Luca sein. Tjark droht zu ersticken, er schafft es nicht einzuatmen, sein blau angelaufenes Gesicht erschlafft ganz plötzlich. Diese weitere Ohnmacht wird von Schlägen in seinem Gesicht gestört. Körperliche und Seelische schmerzen, die ihn wie Stromschläge treffen, lassen das Denken kaum zu.

Vor ihm steht der blasse Kremationstechniker aus Amsterdam, seine weiße Schlachterschürze ist mit Blut beschmiert.

„Ich wusste das du herkommen wirst, ich habe deine Tochter bewusst ausgewählt. Ich habe dich beobachtet, wie du dich jahrelang in deinem Leid gesuhlt hast. Was hast du schon durchgemacht? Was hast du schon erlebt? Jetzt wirst du erfahren was es wirklich heißt zu Leiden und was Schmerz bedeutet. Als nächstes werde ich mir deine kleine Schlampe aus der Bäckerei schnappen, du wirst dabei zusehen. Was hast du dir gedacht, dass du mich finden und zur Strecke bringen wirst?"

Seine weiße gebleichte Haut und sein weißes Haar wirken hier fehl am Platz. Er sieht aus wie ein Engel der Wahnsinnig geworden ist. Seine dunklen Augenränder und die geröteten Augen lassen ihn wie ein Tier aussehen. Aus der Nähe betrachtet wirkt er sehr ungepflegt. Seine Zähne sind braun und verfault, das war ihm im Krematorium auch nicht aufgefallen. Sein Haar steht wirr in alle Richtungen. Mit den Handdrücken streift er sich über die Wange, schmiert Menschenblut dabei durch sein Gesicht und lacht laut.

„Na, bist du schockiert? Ihr seid doch alle gleich, ignorant und abgehoben. Ständig beschäftigt mit den eigenen nicht vorhandenen, selbstgemachten Problemen. Blind für das Leid anderer Menschen, ihr wollt es nicht sehen. Ihr schaut alle weg, ihr interessiert euch nur für euch selbst. Diese hoch zivilisierte, soziale Welt, in der alle nett sind, sich um Tierschutz und die Erderwärmung kümmern. Demonstrieren für Scheiße."

Er schreit Tjark bei den letzten Worten an, hat vor lauter Wut Schaum vor dem Mund.

„Es passiert tagtäglich um euch herum, Menschen leiden, Frauen werden geschlagen, Kinder misshandelt, ihr seht alle weg. Ihr wollt es nicht sehen, euch nicht mit den Problemen anderer beschäftigen. Aber wenn es um das Globale geht, dann seid ihr alle ganz groß dabei, dann wollt ihr glänzen. Ruhm und Ehre erlangen, sich wichtigmachen in dieser Welt. Die Menschheit ist verloren, schon lange vor meiner Geburt, ihr werdet alle zahlen, ich werde das Zeichen setzen. Er hat den Kampf verloren, wenn du verstehst was ich meine. Und mein Herr wird auferstehen und es wird brennen, die Flüsse werden sich rot färben."

„Paul." Tjark sagt seinen Namen als würden sie sich schon ewig lange kennen.

Paul, der sich gerade wieder seinem Arbeitstisch zugewandt hat, erstarrt in seiner Bewegung. Tjark weiß nicht ob es gut oder schlecht ist, ihn beim Namen anzusprechen. Er sagt einfach, dass, was ihm gerade einfällt. Um ihm näher zu kommen, um Zeit zu schinden, um irgendetwas an der Situation zu ändern.

„Ich kenne dich, ich weiß was du durchgemacht hast." Tjark spricht so schwach als würde er in den letzten Atemzügen seines Lebens liegen.

Mit voller Wucht, schlägt Paul auf ihn ein, wie ein Donnerwetter, reißt er ihn mit samt dem Stuhl zur Seite und schleudert ihn durch den Raum. Er landet mit der Brust vor dem Tisch, der gefährlich hin und her schwankt. Der Torso der Frau rutscht hinunter und landet neben ihm auf dem Boden. Tjark sieht zu dem blutigen Leib und es wird ihm klar, dass dies hier wohl die letzten Stunden seines Lebens sind. Aber das ist ihm auch völlig egal, jetzt wo Luca Tod ist, gibt es für ihn keinen Grund mehr weiter zu leben.

„Was denkst du was du bist? Ein Richter? Gott? Ein Rechtsprecher?"
Paul ist außer sich vor Wut, er fasst, dass Stuhlbein an dem Tjark gefesselt ist und schleudert ihn wieder durch den Raum.

„Was weißt du? Du weißt gar nichts!"
Paul schleift den am Stuhl gefesselten Tjark, in den anliegenden Raum.

Hier ist es dunkel, spärliches rötliches Licht lässt ein altes Gemeinschaftsbad erahnen. Schmutzige zerfetzte Duschvorhänge hängen wie Trauerweiden von ihren Ästen. Es stinkt hier so bestialisch, das Tjark sich übergeben würde, wenn da noch etwas in seinem Magen wäre.

Paul stellt den Stuhl direkt vor eine alte Badewanne, sodass Tjark hineinschauen kann. Er greift in sein Haar und biegt Tjarks Kopf nach hinten, während er ihm ins Gesicht brüllt.

„So ist, dass, da ist er, genau da wo er hingehört, dieses arrogante Stück Scheiße!"

Paul lässt abrupt von Tjark ab und verlässt laut brüllend den Raum.

Tjark riecht die Fäkalien, bevor er irgendetwas erkennen kann. Es ist so ekelhaft und schockierend das Tjark die Augen schließt. Auch wenn er sehr bald sterben wird, will er so etwas nicht sehen. Hektisch atmend versucht er sich zu beruhigen.

„Tjark."

Sein Name wird so leise und schwach geflüstert, dass er es sich glaubt einzubilden.

„Tjark."

Wieder diese schwache, bekannte Stimme.

Tjark öffnet die Augen und konzentriert sich. Eine kaum wahrzunehmende Bewegung in der Badewanne voller Fäkalien, erschreckt ihn bis ins Knochenmark. Leicht geöffnete Augen sehen ihn aus einem total verschmutzten Gesicht an. Der Kopf kippt nach vorne, Phillip droht im Schmutz zu ersticken. Seinen Partner und Freund hier so zu sehen, setzt jegliche Kraft in ihm frei. Auch wenn er sich selbst aufgegeben hat, will er jetzt kämpfen. Für Phillip, er will ihn retten, er darf nicht sterben, nur weil er sich für ihn eingesetzt hat. Tjark fühlt sich schuldig, schuldig an der ganzen Situation. Sofort bewegt er seine Hände, versucht sich aus seinen Knebeln zu befreien. Mit aller Gewalt dreht und zieht er an dem Klebeband das ihn festhält. Das Adrenalin lässt ihn keinen Schmerz mehr spüren, seine Handfesseln bluten bereits. Mit Gewalt zieht er seine Hände so kräftig heraus, dass er seine Haut dabei schwer verletzt. Er bückt sich und reißt an seinen Fußfesseln herum, es dauert nur einen Augenblick und er ist frei. Nervös dreht er sich um, horcht, hofft das Paul nicht in der Nähe ist. Der griff zu seinem Pistolenhalter führt ins Leere, er hat seine Waffe auf dem Tisch liegen lassen. Ohne darüber nachzudenken, greift er Phillip unter die Arme und zieht den schwer verletzten Mann aus dem Dreck. Er ist komplett besudelt, Tjark kann nicht einmal erkennen ob sein Kollege nackt oder angezogen ist. Undefinierbare Fetzen hängen den halb toten Menschen vom Leib. Der Schmutz lässt nicht erkennen, wie und wo er verletzt ist. Auf den alten Fliesen dieses Gemeinschaftsbades, vermischt sich der herunterlaufende Kot mit seinem Blut. Tjark horcht trotzdem an seiner Brust, sein Herz schlägt und er Atmet flach. Der Gestank ist bestialisch, immer wieder muss Tjark würgen. Es fällt ihm nicht leicht die Fassung zu finden.

„Halte durch meine Junge, ich hol dich hier raus." Er fasst ihm ins Gesicht und schüttelt es ein Wenig.

„Hey, hörst du mich, du darfst nicht aufgeben, ich hol dich hier raus, hörst du?"

Phillip reagiert nicht und Tjark weiß, dass er sich beeilen muss, sein Freund braucht Hilfe.

Hektisch steht er auf und sucht den Raum ab, sein Blick wandert hin und her aber er kann hier keinen Gegenstand finden, den er als Waffe benutzen könnte. Das schummrige Licht und sein komplett zugeschwollenes Auge erschweren die Suche zusätzlich. Er weiß nicht wo er ist und wo er hingehen soll. Er weiß nicht wohin die einzige Tür hier führt und er hofft, dass er es schafft. Langsam nähert er sich der Tür, horcht intensiv in die Dunkelheit hinein. Dann traut er sich um die Ecke zu schauen. Er befindet sich in dem Raum mit dem Metalltisch, der etwas besser beleuchtet ist. Der Körper der Frauenleiche liegt wieder auf dem Tisch, die abgetrennten Beine sind weg. Tjark sieht zum regal hinüber, nähert sich dem Kopf der dort liegt. Es kostet ihm jegliche Kraft, doch er sieht ihr mitten ins Gesicht.

Beschämt über seine Erleichterung, dass es nicht Luca sein kann, schießen ihm die Tränen in die Augen. Er fasst den blonden Schopf und dreht den Kopf ein bisschen zum Licht und ist sich sicher.

Sie ist es nicht.

Extremes Gefühlschaos macht sich in ihm breit, Erleichterung, Angst, Wut, Hass. Er redet sich ein, dass sie noch im Zwinger liegt. Dass es noch Hoffnung gibt, das sie lebt und das er Luca und Phillip retten kann. Auch wenn der Raum hier noch so schaurig und Höllengleich ist. Ist Paul doch nur ein Mensch und kein Monster aus irgendeinem Horrorfilm mit übernatürlichen Kräften. Oft genug hat er es mit Gewaltverbrechern zu tun gehabt, denen er das Handwerk gelegt hat. Tjark reißt all seinen Mut zusammen und geht weiter durch den Raum. Er schleicht an der Wand entlang durch den grünen Flur und findet den Raum mit der Lichterkette. Maßlos enttäuscht, dass die Tür des Zwingers offensteht und Luca nicht mehr da ist. Tjark fühlt sich einem

Herzinfarkt oder einer Ohnmacht nahe, noch nie wurde sein Körper und sein Nervenkostüm so immens überbeansprucht. Er sieht auf den Tisch, tatsächlich, seine Waffe liegt immer noch dort wo er sie unüberlegt hingelegt hat. Er nimmt sie, entwaffnet sie und ist bereit zu töten. Er wird jeden der ihm entgegen kommt erschießen.

Mit der Waffe voraus verlässt er den Raum und geht weiter durch den düsteren Flur. Die Dunkelheit und die angrenzenden Räume wirken wie die Katakomben der Hölle. Es riecht nach Fäkalien und Verwesung, Ratten huschen an seinen nackten Füßen vorbei. Tjark weiß, dass seine letzten Minuten geschlagen haben, dass Luca und Phillip verloren sind, wenn er jetzt scheitert. Er muss diese Bestie erledigen, ein Rückzug wäre jetzt undenkbar.

Sanftes Licht flackert aus einem zirka fünf Meter entfernten Raum heraus. Tjark drückt seinen Rücken an die Wand und geht barfuß weiter über den unebenen schmutzigen Boden. Dreck klebt unter seinen Fußsohlen, er tritt auf etwas Undefinierbares und erschreckt sich so sehr, dass er stürzt. Er vermutet eine verweste Ratte auf die er ausgerutscht ist. So schnell er kann, steht er auf und schleicht weiter. Bis zum Türpfosten des flackernden Raumes, er horcht intensiv in das Ungewisse, bevor er es sich wagt um die Ecke zu schauen. Was er sieht lässt ihn erstarren, die aufgebahrte Frauenleiche, die offensichtlich geflickt wurde. Das flackernde Licht die vielen Grablichter taucht die Leiche in ein zusätzliches gruseliges Bild. Es dauert einen Moment, bis er die auf dem Stuhl gefesselte Frau im Brautkleid wahrnimmt. Nervös sieht er sich um, geht auf sie zu und nimmt ihr

Gesicht in beide Hände, sie starrt ihn aus stumpfen Augen an. Sie wirkt benommen, als hätte man ihr etwas verabreicht. Aber Tjark ist sich sicher, das ist Luca. Seine Tränen fließen, sein Herz krampft sich zusammen. Luca nach all den Jahren hier so zu sehen, bringt ihn fast um. Unendlicher Kummer legt sich um sein Herz, wie eine Anakonda um ihr Opfer.

Er streicht ihr die Haare aus dem Gesicht.

„Luca? Ich bin es Papa." Der Satz bringt einen neuen Schwall Tränen mit sich. Wie lange hat er das nicht mehr gesagt. Er hasst sich für das was er ist, wünscht sich er hätte alles anders gemacht.

„Luca, hey." Er schüttelt sie behutsam, versucht sie aus ihrem Delirium zu wecken. Aber sie reagiert nicht, es scheint als würde sie nicht hören und ihn auch nicht sehen.

Mit immer wieder nervösem Blick zur Tür, geht er um sie herum und in die Hocke. Sie trägt metallene Handschellen die er nicht aufbekommt, zu seiner Verwunderung ist sie aber gar nicht am Stuhl gefesselt. Sie sitz hier einfach ohne sich zu bewegen. Tjark nimmt ihren Arm und hebt sie hoch. Wie ferngesteuert steht sie auf und sieht weiterhin durch ihn hindurch. Völlig verzweifelt fragt er sich, ob sie jemals wieder in Ordnung kommen wird.

Neben der Frauenleiche tritt auf einmal eine Gestalt aus dem Schatten der Dunkelheit, es ist Paul und er ist nackt. Seine leeren Hände hängen entspannt nach unten gestreckt. Er sieht Tjark freundlich an, als wäre er jetzt komplett verrückt geworden.

Tjark zielt auf Pauls Gesicht, was ihn nicht im Geringsten zu interessieren scheint. Unbekümmert geht er ein paar Schritte auf Tjark zu, sodass die Waffe nur noch wenige Zentimeter von seinem Gesicht entfernt ist.

„Bleib stehen, geh zurück!"

Tjark schreit unkontrolliert laut, seine Stimme zittert ängstlich. Paul bemerkt seine Nervosität natürlich, er kennt sich mit zutiefst geschockten, zu Tode verängstigten Menschen aus. Er weiß um seinen Vorteil hier unten in der Dunkelheit. Mit der Macht alle töten zu können, ohne auch nur eine Sekunde zu zögern. Paul lächelt Tjark freundlich an.

„Eigentlich ist es gut, dass du hier bist, es ist fast wie bei einem Familientreffen. Wenn ich Luca heiraten werde, bist du als mein Schwiegervater dabei."

Tjark ist so sprachlos das er ihn einfach nur fragend anschaut.

Dann reißt Luca plötzlich die Augen weit auf und schreit Tjark aus Leibeskräften an. In dem Moment in dem er bemerkt, dass sie nicht ihn, sondern an ihm vorbeischaut, ist es auch schon zu spät. Er bekommt einen so harten Schlag auf den Hinterkopf, dass er direkt in die Knie geht und wegtritt. Tjarks Kopf blutet stark, Michael van Jaar steht mit einer schweren Eisenstange hinter ihm und sieht ihn ausdruckslos an. Er lässt die Stange fallen und packt Tjark, um ihn in die Ecke des Raumes zu schleifen, wo er immer wieder versucht ihn hin zu setzten.

Ungeduldig schaut Paul sich dieses Spiel an, schreit so laut er kann.

„Das reicht doch du Idiot! Lass ihn liegen, er kann nicht sitzen. Bring ihn in den weißen Keller und komm mit einem vollen Kelch wieder. Ich will es jetzt vollziehen."

Michael gehorcht und schleppt Tjarks schlaffen Körper in den weiß gefliesten Raum. Er fesselt seinen Fuß mit einer eisernen Kette, die an der Wand befestigt ist und schließt die Tür. Leblos liegt Tjark auf dem kalten Boden und blutet.

Michael geht in den Raum mit dem Metalltisch zurück, zieht den Auffangbehälter ab und schaltet das Licht aus, bevor er den Raum verlässt. Er geht mit dem Behälter in die Küche, nimmt einen Kelch aus einer kleinen Vitrine und füllt das Blut hinein. Stumm und gefühlskalt geht er zurück zu Paul und Luca, die schon auf ihn warten. Paul hat sich nackt, auf einen Stuhl neben Luca gesetzt. Er hat ihr vorher einen vergilbten schmutzigen Blumenkranz seiner Mutter auf den Kopf gesetzt. Apathisch und teilnahmslos, lässt Luca alles über sich ergehen. Sie wirkt abwesend, als hätte ihr Körper sich in eine andere Welt gebeamt, um sich selbst zu schützen.

Michael betritt den Raum und stellt den Kelch auf ein kleines Sideboard. Der unterirdische Raum ist stickig, erfüllt von Faulem und den Geruch erloschener Kerzen. Jeder hier im Raum ist nass geschwitzt, die Luft reicht kaum aus um einen Körper vernünftig mit Sauerstoff zu versorgen. Trotzdem sind Paul, Michael und Luca die Ruhe selbst, jeder aus einem anderen Grund. Bei Paul ist es der Wahnsinn, Michael fehlende Empathie und bei Luca der Schock. Sie lässt alles bedingungslos zu, wehrt sich nicht mehr und schwebt in ihrer eigenen Welt.

Michael steht vor dem sitzendem Paar und spricht laut singend als wäre er ein Geistlicher.

„E nomine patris et filii et spiritus sancti." Feierlich, streckt er seine langen Arme von sich. Er wirkt mächtig und gefährlich. Seine Augen wirken wie schwarze Glaskugeln in denen sich der Kerzenschein wieder spiegelt. Es scheint plötzlich als wäre er das Böse hier, als wäre er die treibende Kraft und nicht Paul.

Von der ganzen Zeremonie bekommt Luca nichts mit, wie durch einen dicken Nebel erreichen die letzten Worte zu ihr hindurch, die sie nicht interessieren.

„Kraft des mir verliehen Amtes, erkläre ich euch nun zu Mann und Frau."

Überglücklich lächelnd, nimmt Paul seine soeben angetraute Frau in den Arm und küsst sie. Wie eine Puppe, mit hängenden erschlafften Armen lässt Luca es über sich ergehen.

Michael nimmt den Kelch vom Sideboard und reicht ihn Paul. Freudig nimmt er einen kleinen Schluck Blut und reicht den Kelch an seine gerade angetraute Frau weiter. Er hält ihn ihr einfach an die Lippen, die sie nicht öffnet. Das Blut läuft auf beiden Seiten ihres Mundes hinunter, über ihr weißes Brautkleid. Es stört Paul nicht im Geringsten, dass sie nicht reagiert. Im Gegenteil es macht ihm Freude, dass sie ihm so hörig ist. Es scheint als wäre Paul hier der einzige im Raum der wach ist, der voll bei der Sache ist. Denn Michael wirkt teilweise wie eine Marionette, durch seine autistischen Züge.

Paul hat beschlossen Luca zu ehelichen und mit ihr Kinder zu zeugen. Es ist ihm plötzlich ein dringendes Bedürfnis, seiner Mutter Enkelkinder zu schenken. Er nimmt Luca in den Arm und Küsst sie wie ein Schuljunge. Er hat noch nie zuvor eine Frau geküsst, in ihm regen sich gemischte Gefühle. Er spürt zum ersten Mal begehren. Bisher hat er Frauen immer nur als Mittel zum Zweck gesehen. Niemals hätte er sich einer Frau genähert und ihren schmutzigen Körper angefasst. Jedes Mal nach dem zerteilen eines Körpers hat er sich mit Chlor reingewaschen, da er die Berührungen sogar durch die Latexhandschuhe nicht ertragen konnte. Die Nähe zu einem Lebewesen, der direkte Hautkontakt war ihm zu wieder. Komischerweise ist das bei Luca nun ganz anders. Das letzte Mal als seine Lippen einen Menschen berührte war, als seine Mutter verstarb. Paul kann sich plötzlich vorstellen eine Beziehung zu führen und mir ihr Söhne zu zeugen. Liebevoll sieht er ihr in die Augen, als er im Augenwinkel ein energisches kleines rotes Lämpchen leuchten sieht. Ein kleiner verdreckter Bildschirm der neben dem Bett seiner Mutter hängt gibt ein akustisches Signal. Paul sieht einige bewaffnete Männer, die seine Halle betreten. Innerhalb weniger Sekunden entscheidet er sich zur Flucht. Er lässt seine Mutter, Michael und Luca wortlos stehen und verlässt den Raum. Er rennt nackt durch den grün beleuchteten Gang zu einem Bunker, den er von innen verschließt. Notfallkleidung sowie Reisedokumente liegen bereits seit Jahren für eine mögliche

Flucht bereit. Er läuft durch den langen Gang des Bunkers zum Hauptraum, öffnet den Verschluss zum Luftschacht und steigt den engen Tunnel nach oben. Das Zahlenschloss lässt sich mit dem Sterbedatum der Mutter öffnen und er steht im Freien. Mitten im Wald, den er Ortskundig durchquert ein mit Tarnnetz bedeckter Geländewagen, mit dem er flieht. Zum nächsten Hafen, dessen Schiff ihn in eine neue Welt bringt.

Tjark erwacht aus seiner Ohnmacht, sein dröhnender Kopf lässt kaum einen Gedanken zu, außer Luca. Hilflos sieht er sich in dem weiß gefliesten Raum um. Nimmt die Tür, das schmale Kellerfenster und seinen angeketteten Fuß wahr. Voller Panik reißt er mehrere Male so fest daran, dass seine Kopfwunde vor Anstrengung wieder anfängt zu bluten. Tjark weiß kaum noch was er macht, der hohe Blutverlust schwächt seinen Verstand. Der Gedanke der sich ihm aufdrängt wäre ihm unter normalen Umständen wohl niemals in den Sinn gekommen. Ohne auch nur eine Sekunde darüber nachzudenken zieht er sich über den Boden. Bis seine Finger die kleine Säge erreichen, die dort wohl aus sadistischen Gründen platziert wurde. Konsequenzen gibt es im Moment für Tjark nicht, gedankenlos nimmt er die Säge zieht sein Hosenbein hoch und setzt das Scharfe Sägeblatt an seine Haut.

Björk und sein Team vom SEK sind mit beschusshemmenden Westen und ballistischen Helmen ausgestattet. Sie sind sehr schwer bewaffnet, sie tragen Maschinenpistolen sowie Sturm- und Scharfschützengewehre. Das gesamte Team besteht aus fünfundvierzig Personen. Die das Gebäude umstellt haben und nun eindringen. Sie verteilen sich wie schwarze Fliegen, in allen Ecken und Winkeln. Drängen sich zwischen die schweren Maschinen, ziehen sämtliche Laken hinunter. Bereit jeden und alles zu töten, wenn es sein muss.

Es dauert nicht lange, bis sie die Geheimtür zum Untergeschoss finden. Zweiundzwanzig man laufen Björk schwerbewaffnet, mit taktischen Lichtern voraus, um mögliche Angreifer auszuschalten.

Sogar durch die Atemmasken die sie Tragen, nehmen sie den Geruch der Verwesung wahr.

Schritt für Schritt arbeiten sie sich weiter und tiefer hinein in die Hölle. Sie sichern jeden Raum, entdecken voller Entsetzen den Raum mit dem Zwinger. Geben sich stillschweigend Handzeichen, die bedeuten, dass der Raum leer und gesichert ist. Die taktischen Lichter der Schusswaffen eilen über die ganzen Details in der schmutzigen Küche. Einige der Jungs waren bereits zuvor in der Wijde Kerksteeg und sind vorbereitet auf das Grauen, dass sie hier erwartet. Einer steht vor dem Terrarium, beobachtet die Unmengen an Kakerlaken die sich über irgendetwas Ekeligem hermachen. Er öffnet kurz den Kühlschrank und erbricht fast vor Eckel. Der Gestank hier ist so widerlich, dass er ihn mit einem lauten Rumps zu knallt. Andere des Sondereinsatzkommandos gehen direkt den schmutzigen Flur weiter bis zum Ende. Björk begleitet sein kleines Team in den Raum mit den Kerzen. So wie sie den Raum betreten, verharren alle einen Augenblick vor lauter Entsetzen. Die nackte, verstümmelte und geflickte Leiche zieht jede Aufmerksamkeit auf sich. Der Anblick ist an Abscheulichkeit kaum zu überbieten. Erst auf dem zweiten Blick sieht Björk eine Frau auf einem Stuhl sitzen. Voller Angst geht er zu ihr und hebt ihren blonden Schopf. Er legt seine Finger an ihrem Hals, spürt deutlich ihren Puls. Sie lebt und als er ihr Gesicht in beide Hände nimmt, um sie anzusprechen. Erkennt er Lucas befremdliches Gesicht, abwesend, versteinert und verrückt geworden. Es ist nichts mehr übrig von dem kleinen lebendigen Mädchen mit den leuchtenden Augen, an die er sich erinnert. Björk bricht es das Herz, die kleine hier in diesem Zustand zu sehen.

„Wir brauchen einen Arzt, die sollen mit einer Bahre kommen."

Einer der Jungs von dem SEK spricht leise in sein Headset, während er unruhig die Eingangstür beobachtet. Jeder hier ist still, keiner bewegt sich mehr, jeder auf das Allerschlimmste gefasst. Die durchtrainierten Männer sind für Sondereinsätze spezialisiert. Sie wissen mit Gewalt, Lärm, aggressiven, gewaltbereiten Menschen und Stresssituationen umzugehen. Aber auf das hier wurden sie nicht vorbereitet, das Undenkbare ist hier passiert. Das Unmenschliche geschehen, was man nicht in Worte fassen und schlecht begreifen kann.

Es macht jedem noch so knallhartem Mann Angst. Angst vor dem neuen, vor dem ungewissem, Angst vor der Kreatur die das hier getan hat. Ein Mensch kann es ja nicht gewesen sein. Die Angst und das Entsetzten mischen sich hier in der Luft mit dem Gestank des Dreckes und der Verwesung. Durch die vielen Menschen hier unten, ist es ziemlich schnell unglaublich warm und stickig geworden. Die Luft hier reicht kaum für alle zum Atmen, den Jungs in den schweren Kampfanzügen läuft der Schweiß vom Körper. Jeder hier kämpft mit dem körperlichen und emotionalen Stress, es ist kaum auszuhalten. Jeder hier stößt an seine Grenzen und muss sich zusammenreisen, um nicht wegzulaufen.

Ein anderes Team hat sich weiter zu dem stillen Raum vorgearbeitet, in dem immer noch der Torso der Frauenleiche liegt. Die punktartigen

Lichter der Schusswaffen, huschen energisch über Hautfetzen auf der Wäscheleine. Begutachten den alten Tisch mit dem eingestanzten Blumenmuster und das schmutzige Werkzeug, dass wie in einer Autowerkstatt, ordentlich an einer Wand hängt. Eine motorisierte kleine Kreissäge liegt am Kopfende der Frauenleiche, als wäre es eine Abstrakte abstoßende Kunst. Der verstümmelte Körper hat kaum noch etwas mit einem Menschen zu tun. Die Männer haben schon einiges bei Ihren Einsätzen erlebt, doch das hier ist mit nichts zu vergleichen. Jeder spürt die Angst und den Tot, der hier in der Luft hängt. Bestialischer Geruch aus dem Nebenzimmer lässt normales Atmen oder Denken kaum zu. Voll konzentriert und angespannt, arbeiten sie sich weiter in den nächsten Raum. In dieses alte verkommene Gemeinschaftsbad. Getrocknetes an die Wände gespritztes Blut und Schmutz, lassen die Badfliesen kaum noch erkennen. Als sich ein Menschenähnlicher schmutziger Körper auf dem Boden bewegt, werden alle Waffen sofort auf ihn gerichtet. Die Lichter lassen die Verletzungen des Menschen unter der Schmutzschicht erahnen. Einer des Teams nimmt seine Atemmaske ab und läuft zu einer Ecke des Bodens um sich zu erbrechen. Mit seiner an der Wand gestützten Hand, versucht er sich auf den Beinen zu halten, um nicht zusammenzubrechen. Ein anderer geht neben dem schwer verletztem in die Knie, zieht seinen Handschuh aus und versucht den Puls zu fühlen. Spricht gleichzeitig in sein Headset, um einen weiteren Arzt anzufordern. Er betrachtet den verschmutzten Körper und fragt sich, wie man diese Person reinigen, behandeln oder heilen kann. Der

Schmutz hat das Gesicht und den Körper bis in jede Pore bedeckt, sodass er noch nicht einmal mit Sicherheit sagen kann ob es ein Mann oder eine Frau ist, die so zugerichtet wurde. Andere Polizisten haben die massive Bunkertür entdeckt, die nicht zu öffnen ist. Sie vermuten den Täter hinter diesem stählernen Hindernis, das im Moment nicht zu überwinden ist. Es wird sofort ein Team zu Öffnung des Bunkers herbeigerufen, aber das wird wahrscheinlich Stunden dauern.

Tjark bekommt von all dem nichts mit, allein und verlassen, fühlt er sich auf sich selbst gestellt. Im Bewusstsein, das Luca und Phillip noch leben, gibt es nichts, was er nicht tun würde um ihnen zu helfen. Er setzt sich auf, zieht seinen schwarzen Ledergürtel aus dem Hosenbund. Langsam schiebt er sein Hosenbein etwas hoch und überlegt sich, wo er die kleine Säge ansetzen kann um nicht zu verbluten. Kalter Schweiß tropft ihn von der Stirn, er zittert am ganzen Körper. Er glaubt für einen Augenblick verrückt geworden zu sein, dass das hier alles nicht wahr sein kann. Es ist so unrealistisch und absurd. So wie er es in zahlreichen altertümlichen Filmen gesehen hat, nimmt er den Gürtel zwischen die Zähne und beißt zusammen, um nicht zu schreien. Alles in seinem Körper sträubt sich gegen diese Verstümmelung, er könnte schreien vor Widerwillen. Aber er drückt die Säge in sein Fleisch und zieht so feste er kann daran. Der Schmerz zieht sich wie eine Kettensäge durch jeden Nerv in seinem Körper. Tjark hat das Gefühl am Schmerz zu sterben und durch zu drehen. Der Schnitt den er sich zugefügt hat ist tief, hat den Knochen aber noch nicht erreicht. Sein Blut fließt über den Boden, als wäre eine Tasse

Sirup umgefallen. Alles dreht sich in diesem Raum, Tjark glaubt gleich in Ohnmacht zu fallen. Sich selbst so zu verstümmeln hätte er niemals für möglich gehalten. Aber er muss frei sein, er muss hier heraus um Luca zu helfen. Er ist bereit sein Leben dafür zu geben. Tränen laufen ihm über die Wangen, nicht wegen dem eigenen körperlichen Schmerz. Sondern wegen dem, was Luca bereits durchgemacht hat und auch noch wird. Wenn es ihm nicht gelingt, sie zu retten. Dem Wahnsinn nahe, setzt er die Säge wieder an und zieht sie so fest er kann über seinen Knochen.

In der gleichen Sekunde reißt jemand die Tür auf und fünf Mann vom SEK stürmen und sichern den Raum. Einer geht sofort neben Tjark auf die Knie und hält seine Hand fest. Aber er ist zu spät, der Knochen ist durch, Tjark fällt um und wird bewusstlos. Er verliert Unmengen an Blut, der Polizist nimmt Tjark sofort den Gürtel aus dem Mund um sein Bein unterhalb der Wade abzubinden. Er schreit in sein Headset nach Hilfe, andere stehen ungläubig um Tjark herum und starren auf die mit Blut beschmierte Säge.

Björk versucht Luca die ganze Zeit anzusprechen, sie wieder zurück in die Realität zu holen, aber sie reagiert nicht. Da der Raum gesichert ist, hat das SEK den Raum verlassen, um weitere Räume zu durchsuchen. Björk hilft Luca sich von dem Stuhl zu erheben.

„Es wird alles wieder gut meine Mädchen, mach dir keine Sorgen." Er sieht ihr direkt in die Augen.

„Ich bin es Björk, deines Vater Freund, du warst als kleines Kind oft bei mir im Büro. Erinnerst du dich?"

Aber Luca sieht einfach nur durch ihn hindurch, sie reagiert auf gar nichts.

Plötzlich, wie aus dem nichts, erscheint Michael aus einer Ecke hinter einem Vorhang. Er stürmt mit erhobenen Händen auf Björk zu und wirft ihn zu Boden. Björk ist so überrumpelt, dass keine Zeit bleibt um seine Dienstwaffe zu ziehen. Michael braucht nur einen Augenblick, um ihn mit aller Kraft zu würgen. Luca steht abwesend und tatenlos daneben und sieht zu wie Björk fast zu Tode gewürgt wird.

Die Atemnot wird dramatisch, panisch greift er immer wieder nach Michaels Gesicht. Versucht ihn weg zu drücken, ihn zu kratzen oder ihm die Augen auszustechen. Aber er kommt nicht einmal in die Nähe seines Gesichtes. Michaels Arme sind so lang, dass er keine Chance hat. Um Hilfe zu rufen fehlt ihm die Luft und als gerade der Schwindel eintritt, der ihn in eine andere Dimension katapultieren will, hört er einen Ohrenbetäubend lauten Knall.

Michael sackt wie ein voller Sack Kartoffel auf Björk zusammen und regt sich nicht mehr. Sofort wird der tote Körper von ihm herunter zur Seite geworfen. Ein Kollege vom SEK fragt ihn durch die Atemmaske, ob alles in Ordnung sei? Fühlt seinen Puls und schaut ihn durch das schusssichere Glas kurz in die Augen. Dann wendet er sich von ihm ab und inspiziert nun jeden Winkel des Raumes noch einmal genauer. Er sieht hinter den Vorhang, schaut in einen kleinen Schrank und unter das Bett in der die mumifizierte Leiche liegt. Björk hat sich wieder gefangen und steht auf. Er fragt sich wie sie alle übersehen konnten, dass da jemand hinter einem Vorhang gestanden hat. Dann betrachtet er das Gesicht des Angreifers und erinnert sich daran, dass dieser Mann vor kurzem noch auf der Wache war.

„Michael van Jaar, wer hätte das gedacht." Björk flüstert, spricht mit sich selbst. In Gedanken tief enttäuscht, dass er und seine Jungs ihn nicht als Täter erkannt haben. Das Gefühl des Scharms und des Versagens überkommt ihn. Er fragt sich wie viele Jahre er das hier noch erleiden kann und ob er nicht in Rente gehen soll. Müde schaut er Luca an, die völlig teilnahmslos herumsteht. Selbst der laute Schuss hat sie nicht erschüttert, sie ist völlig traumatisiert.

Björk fragt sich, ob sie jemals wieder in Ordnung kommen wird. Nimmt sie ohne jedes weitere Wort an die Hand und führt sie aus dem Raum. Sie lässt sich ohne Gegenwehr aus dem Raum und den langen Flur entlangführen. Sie geht mit ihm die Stufen hinauf und betritt die große Künstlerhalle, in der die Luft zum Zerreißen angespannt ist.

Die SpuSi ist im vollen Einsatz, überall wimmelt es von Polizisten.

Doch als Luca in ihrem verschmutzten Brautkleid, verdreckten und verletzten Körper, barfuß mitten im Raum steht, scheint die Zeit für einen Augenblick still zu stehen. Jeder verharrt in seiner Bewegung, gefesselt und erschreckt von dem Anblick der Zerstörung.

Luca wirkt wie ein weiteres abstraktes Kunstobjekt, inmitten von verwirrend brutalen Gemälden, von sterbenden Menschen. Das Bild das sich hier jedem bietet ist an Abscheulichkeit, Grausamkeit und Unmenschlichkeit nicht zu überbieten. Luca starrt auf die ausschließlich mit roter Farbe gemalten Gemälde von schreienden, flehenden und zerfetzten Menschen. Michael hat die Prozesse die sich im Untergeschoss ereignet haben, feinsäuberlich festgehalten. Es ist Kunst, die jeden Betrachter emotional umbringt, denn sie ist mehr als realistisch.

Die Sanitäter kommen herbeigeeilt und nehmen Luca in ihre Obhut. Sie bringen sie in den Krankenwagen, wo eine Erstversorgung stattfindet.

Weitere Ärzte eilen durch die Geheimtür ins Untergeschoss um Tjark und Phillip zu bergen. Und obwohl Tjarks Verletzung lebensbedrohlich ist, ist hier jeder Mensch über Phillips zustand geschockt. Das gesamte Ärzteteam hat kurz überlegt, den schwerverletzten dort unten im Gemeinschaft Bad mit einem Wasserschlauch etwas zu reinigen. Denn seine Verletzungen sind nur zu erahnen, die Infektionen die er durch die Sekrete bekommen haben wird, nur abzuwarten.

Es herrscht ein wahnsinniges Treiben, immer mehr Polizisten rücken an. Sperren das Gelände weiträumig ab. Passanten werden gebeten die Straßenseite zu wechseln, ein Hubschrauber überfliegt das ganze Gebiet.

Obwohl hier Unmengen an Beamten beschäftigt sind, ist es nicht chaotisch. Jeder weiß genau was er zu tun hat und ist bereits bei der Spurensuche und Sicherstellung. Die SpuSi geht mit einer routinemäßigen Disziplin vor, die beispielhaft ist. Jeder hier gibt sein allerbestes, denn dieser Fall wird wohl auf der dunklen Seite der Geschichte der Menschheit eingehen.

Luca wird von Ärzten und Psychologen gleichzeitig betreut und in das nächste nahegelegene Krankenhaus gebracht.

Tjark liegt bereits auf einer Krankenliege vor dem Krankenwagen, als Björk zu ihm tritt.

„Hey Junge alles klar?"

Björk weiß schon von seiner selbstzugefügten Verletzung und sieht für einen Augenblick zu seinen Fuß hinunter.

Tjark reißt an Björks Arm und zieht ihn zu sich.

„Wo ist sie? Wo ist meine Tochter?"

Björk schießen mehrere Gedanken durch den Kopf. Das sie lebt, aber wohl nie wieder in Ordnung kommen wird. Er erinnert sich an ihre Ausdruckslosen Augen, an ihren verwüsteten Zustand, den er niemals vergessen wird.

„Ihr geht es gut, sie ist auf dem Weg ins Krankenhaus."

Jegliche Anspannung in ihm weicht dem Gefühl von Entlastung und Ruhe. Tjark sackt in sich zusammen, lässt sich tief in das Kissen fallen und schließt die Augen. Dankt Gott in einem stillen Gebet, das er ihn erhört und Luca gerettet hat.

Tjark wird direkt in den Krankenwagen geschoben und in den OP gebracht, in dem die Ärzte bereits auf ihn warten. Über Funk wurde ihnen die Art und den Umfang der Verletzung genau mitgeteilt, sodass sie vorbereitet sind. Phillip wird mit dem Hubschrauber in die nahe gelegene Uni Klinik gebracht, in der er direkt in der Quarantäne Abteilung isoliert wird. Die Ärzte gehen zwar nicht von irgendeinem Supervirus aus, aber hier haben sie die beste Möglichkeit ihn erst einmal zu reinigen. Das Ganze muss auch noch rasend schnell gehen, denn der von Viren befallener Schmutz impliziert eine Blutvergiftung, die höchst wahrscheinlich schon weit vorangeschritten ist.

Nach ein paar Tagen haben Björk und sein Team einen ersten Bericht erstellt. Es wird den einen für die Polizei geben und den anderen gekürzten für die Presse. Die sich bereits kreativ gegenseitig aufgeschaukelt hat. Überschriften wie der „Schlächter von Amsterdam", „Tausende von Leichen", „Kannibalismus im 20ten Jahrhundert" usw. haben die Menschen in ganz Europa in Schrecken und Angst versetzt, da der Täter noch auf freiem Fuß ist.

Anfragen von Spezialeinheiten aus aller Welt, nach Täterprofil und jeglichen Informationen prasseln auf das Polizeipräsidium wie faustdicker Hagel ein. Björk steht unter enormen Druck, Zeit zum Trauern um Mandy, oder ein Krankenhausbesuch bei den überlebenden bleibt aus.

Im Besprechungsraum der Polizeiwache, sitzen Teamleiter aus allen Bereichen. Niemand unterhält sich mit seinem Nebenmann, so wie es üblich ist vor einer Besprechung. Wo persönliche Dinge, Anekdoten oder irgendwelche lustigen Filmchen im Handy gezeigt werden. Keinem hier ist zum Tratschen oder zum Lachen zu mute. Jeder hier weiß was passiert ist und wie viele Menschen sterben mussten.

„Liebe Kollegen, ich begrüße sie hiermit und möchte mich zuerst einmal für ihren Einsatz in diesem Fall danken. Ich weiß das wir alle in den letzten Wochen unser Privatleben, unsere Familien und unsere Freunde vernachlässigt haben."

Björk setzt sich nun, weil er sich nicht sicher ist ob er die Kraft hat das Protokoll im Stehen vorzutragen.

„Also, der Täter ist flüchtig.

Wir haben die Bunkertür nach Stunden aufbekommen um dann festzustellen, dass sie zu einem drei Kilometer langen unterirdischen Tunnel führt. Der in einem gut getarnten Ausgang in einem Waldgebiet endet. Dort hat der Täter ein Fahrzeug zur Flucht versteck, dessen Spuren wir bis zum Hafen verfolgen konnten, wo sich dann jede Spur verliert. Wir vermuten, dass er mit gefälschten Dokumenten das Land über See verlassen hat. Wir werden selbstverständlich mit Interpool und anderen Ländern korrespondieren, um diesen Mann zu ergreifen. Ein umfangreiches Täterprofil ist bereits an alle Polizeihauptstellen der Welt   gegangen."

Björk muss sich sammeln, das was jetzt kommt wird schwer vorzulesen.

„Wir haben im Fluss, in der Wijde Kerksteeg und der Urne insgesamt sechs, fast vollständige Leichen gefunden. In den Einmachgläsern haben wir siebenunddreißig verschiedene DNA Stränge gefunden. Darunter auch die DNA unserer lieben Kollegin Mandy." Björks Augen füllen sich mit Tränen, er reist sich aber zusammen.

„Der Drecksack hat Tagebuch geführt, hat seit seiner Jugend getötet, zuerst seinen Vater und dann geht's weiter. Er hat im Detail beschrieben, was er getan hat, wen er wann und wie getötet hat. Daten von deren Gefangenschaft, bis hin zum Tod. Wann sie vor Schmerz in Ohnmacht vielen und wie er sie wieder aufgepäppelt hat. Um sie am

Leben zu halten, um immer wieder frische Häute entnehmen zu können. Er und sein Partner haben sich vor ca. 14 Jahren in einen Chat über Kannibalismus kennen und lieben gelernt. Sie waren ein Paar und haben jegliche Morde, Verstümmelungen und Kannibalismus zusammen betrieben. Michael hat die absurden Ereignisse in der Lagerhalle auf Leinwand festgehalten. Alles in einem, können wir anhand der ganzen Indizien, die uns hier fein säuberlich, auf einen Silbernen Tablet serviert wurden, das komplette Leben des Mörders und seine Taten nachkonstruieren.

Den ersten Berichten zur folge werden Tjark, Phillip und Luca die körperlichen Verletzungen überstehen. Bei den seelischen Verletzungen bin ich mir da nicht so sicher.

Sobald wir die DNA   -Stränge von allen Leichenteilen haben..."

Björk versucht die Fassung zu bewahren, noch nie war er im Dienst so emotional.

„...und wir alle Teile von Mandy komplett haben, wird es einen Gottesdienst und die Beerdigung im Kreise der Kollegen geben, Familie oder Freunde hatte sie anscheinen nicht."

Alle im Raum schweigen, Stevens schnieft in sein Taschentuch hinein. Mandy ist ein großer Verlust für jedermann hier auf der Wache.

„Ich will dieses Schwein, es werden keine Kosten gespart. Ich will wissen wo er ist, wir werden mit allen Hilfsmitteln weltweit nach ihm suchen. Er kann sich nicht verstecken, wir werden ihn fassen."

Bibliografische Information der Deutschen Nationalbibliothek:
Die Deutsche Nationalbibliothek verzeichnet diese Publikation
in der deutschen Nationalbibliografie;
detaillierte bibliografische Daten sind im Internet über
http://dnb.dnb.de abrufbar.

© 2018 Ramona Devaux

Lektorat, Korrektorat: Herstellung und Verlag:
BoD – Book on Demand, Norderstedt

ISBN: 9-783752849073

Bibliografische Information der Deutschen Nationalbibliothek:
Die Deutsche Nationalbibliothek verzeichnet diese Publikation
in der Deutschen Nationalbibliografie;
detaillierte bibliografische Daten sind im Internet über
http://dnb.dnb.de abrufbar.

Umschlagdesign, Herstellung und Verlag:
BoD – Books on Demand, Norderstedt

ISBN: 978-3-7528-4907-3